CES

MONSTRES DE FEMMES

MICHEL LÉVY FRÈRES, ÉDITEURS

OUVRAGES

DE

PIERRE VÉRON

Format grand in-18

Les autres ouvrages paraîtront successivement.

Imprimerie Eugène Heutte et Ce, à Saint-Germain.

CES

MONSTRES

DE FEMMES

PAR

PIERRE VÉRON

DEUXIÈME ÉDITION

PARIS

MICHEL LÉVY FRÈRES, ÉDITEURS

RUE AUBER, 3, PLACE DE L'OPÉRA

LIBRAIRIE NOUVELLE

BOULEVARD DES ITALIENS, 15, AU COIN DE LA RUE DE GRAMMONT

1876

CES
MONSTRES DE FEMMES

CAISSE

Onze heures du matin.

Les rideaux sont encore fermés dans la chambre à coucher de madame de Sainte-Gomme.

Mais la porte s'est ouverte, et une main a brusquement fait pénétrer le jour dans la pièce.

Cette main est celle d'une vieille femme sordidement vêtue qui, en même temps, a murmuré :

1

— Voyons, Léontine, réveille-toi.

Madame de Sainte-Gomme a répondu d'abord par un grognement ; puis, estimant sans doute que ce grognement ne suffisait pas à traduire ses impressions :

—On ne me fichera donc jamais la paix ici ! Qu'est-ce qu'on me veut encore?

— Léontine, c'est moi..

— J'aurais dû m'en douter. Quand il s'agit de me raser, tu ne cèdes jamais ta part aux autres.

— Sur quoi donc que tu t'es couchée hier au soir pour parler comme ça à ta tante?

— Ah! non! pas la scie de la sensibilité !... Elle est comme toi, cette scie-là, elle n'a plus de dents!

— S'il est permis de traiter...

— Eh bien, oui, c'est entendu, je suis une mauvaise nièce. T'as été une mauvaise tante; nous sommes quittes. Qu'est-ce que tu réclames?

— Moi qui t'ai élevée...

— Comme on élève les lapins pour en manger.

— Léontine!... (Elle tire son mouchoir de sa poche et le met sur ses yeux.)

— Vas-tu rentrer ça, tu empestes la vieille prise.

— Mon Dieu! mon Dieu!

— Ça va finir... Qu'est-ce que tu me veux?... Tu ne m'as pas réveillée pour...

— Eh ben, non!... (Remettant son mouchoir dans sa poche.) V'là les comptes de la semaine.

— A la bonne heure! La comptabilité, c'est mieux dans ton rôle que le sentiment.

— De quoi! on ne vit pas de l'air du temps. Avec ça qu'il y en a encore deux qui ont levé le pied dans le quartier, ce mois-ci. Des gaillardes qui avaient voiture et qui ne payaient pas le boulanger. Grâce à moi, tu n'es pas exposée à ces avanies-là.

— Je pense bien. T'aimes à payer... Tu te fais donner deux pour cent par les marchands !...

— S'il est possible !...

— Tu sais, je te connais. Si je mourais, tu demanderais aux Pompes funèbres une remise sur mon convoi.

— Dans tous les cas, ça vaut toujours mieux que de ne pas avoir d'ordre. V'là les notes et v'là le livre de dépenses. Tu peux m'éplucher sou par sou.

— Si tu te dépêches tant de dire ça, c'est que t'as gratté plus qu'à l'ordinaire.

— Léontine, tu me fais bien de la peine.

— Encore ! C'est vrai, nous sommes en mars, le mois des giboulées. Voyons, pleure une bonne fois pour...

— Je pleurerai si ça me fait plaisir, j'ai pas d'ordre à recevoir pour ça. Veux-tu compter, oui ou non ?

— Combien y a-t-il ?

— Huit cent quatre-vingt-deux francs.

— Hein? (Elle se lève sur son séant.)

— Est-ce que tu te figures par hasard qu'on vit pour rien?

— Huit cent quatre-vingt-deux francs! Je suis curieuse de voir ça, par exemple. Je n'ai pas seulement dîné ici cinq fois dans la semaine, vu que j'ai soupé tous les soirs avec ces messieurs.

— Si tu crois qu'on n'use pas du charbon et du sucre pour te faire des tasses de thé après!

— Qu'est-ce que c'est que ça, soixante-dix francs de vin?

— La femme de chambre en a bu.

— Combien ça vous fait-il de litres à chacune?

— Tu me refuseras peut-être un de ces jours jusqu'au morceau de pain que tu me donnes, il est pourtant assez dur.

— Dans tous les cas, c'est pas faute de

le mouiller de tes larmes. Qu'est-ce que tu as écrit là?

— *Pourboires.*

— C'est pour toi?

— C'est pour ton monsieur hollandais. Il arrive toujours en voiture, et puis il me dit de faire payer le cocher. Entre parenthèses, je te conseille de te méfier; c'est pas des procédés qui rassurent.

— Il m'a dit qu'il t'avait déjà remboursée trois fois.

— Lui!... Peut-être bien que je l'avais oublié. Il n'y aurait pas grand mal. Pour une cinquantaine de francs dont tu me ferais cadeau!... Tu me les dois d'ailleurs.

— Comment, je te les dois?

— Certainement.

— Et pourquoi ça?

— Pour mon tour en cheveux blancs que tu m'as dit de me faire faire, parce que j'aurais l'air plus respectable, les jours où tu recevrais des personnes de conséquence.

— On te les donnera... Mais si tu veux avoir en effet l'air respectable, il ne faudra pas te mettre tes cheveux blancs sur le coin de l'oreille, comme l'autre soir, que tu étais dans les vignes.

— Moi, dans les vignes !... Le tonneau de vin qui me grisera n'est pas encore cuvé.

— Qu'est-ce qu'il y a encore là, à la suite : *Avenir*, 15 francs.

— C'est pour la somnambule que t'as fait venir.

— Je croyais qu'elle ne prenait que dix francs ?

— Elle m'a donné pour moi une petite consultation supplémentaire à prix réduit.

— Si ça ne fait pas suer !... Qu'est-ce que t'as pu lui demander, à ton âge ?

— Ce que j'ai voulu. On ne peut donc seulement pas se réserver à soi-même un coin de son cœur ?

— T'as donc encore des intrigues?

— Tiens, vois-tu, tu n'es pas digne de posséder une tante comme moi!

— Dommage qu'on ne puisse pas troquer. J'aurais encore bien donné du retour.

— Tu veux savoir ce que j'y ai demandé à la somnambule? Tu me fais des imputations calomnieuses.

— Mâtin, v'là que tu parles comme à l'Académie.

— Eh ben j'y ai demandé si t'aurais des personnes comme il faut. Dégradez-vous donc le moral à force de sollicitude pour une enfant pareille. Témoignez-lui donc de l'intérêt...

— Comme placement.

— C'est pas tout ça, v'là midi. N'y a pas de déjeuner, faut que j'aille au marché, il me faut de l'argent.

(Elle fait mine de chercher dans une poche de robe.)

— Qu'est-ce que tu cherches?

— La clef du secrétaire.

— C'est pour de rire. Tu sais bien qu'on ne te laisse jamais opérer toi-même.

— Toujours des affronts!... Non, je suis trop malheureuse ici, j'aime mieux m'en aller.

— A la Salpêtrière?

— Ah! t'aurais bien le cœur de m'y fourrer!

— Mais t'as pris tes précautions. T'as mis mon argent de côté.

— Ça vaudrait toujours mieux, dans tous les cas, que de l'avoir laissé tomber dans la rue.

— Tu dis huit cent quatre-vingt-deux francs? En voilà sept cents, et tu t'arrangeras pour que tout soit payé.

— Comment! tu supposes...

— Si tu insistes, je n'en donne que six cents.

— Donne toujours. Je mettrai de ma poche.

1.

— Tu es sublime! Madame Pélican nourrissant ses enfants en se perçant le flanc!

— Tu piétinerais sur le bon Dieu en personne!

— Dans tous les cas, c'est toi qui m'aurais appris ce pas-là.

— Je fais mon enfer dans ce mode, va!

— Après avoir fait celui des autres.

— Aussi je dépéris à vue d'œil.

— Comme les plantes trop arrosées.

— C'est pas tout ça, qu'est-ce que tu veux pour déjeuner?... Moi, j'ai des tiraillements.

— A la bonne heure! Quand tu parles de ton estomac, c'est plus vraisemblable que quand tu parles de ton cœur. Prends-moi du petit salé, ça me rappellera le bon temps où je crevais de faim. Ça valait peut-être mieux que de mourir d'indigestion.

— Moi, le petit salé, je n'en veux pas, tu sais. A mon âge, on a besoin de tonique. Je vas prendre un chateaubriand avec quelques pommes nouvelles et une omelette aux ro-gnons.

— Que ça?

— Je n'ai pas beaucoup d'appétit, ce matin.

— Allons, dépêche-toi. T'as le déjeuner à faire, et il faut que tu sois sous les armes comme femme du monde pour trois heures.

— Y a donc du neuf?

— On te dira ça plus tard.

— Quelqu'un de bien?

— Ça ne te regarde pas.

— Si tu ne contes pas ces choses-là à ta famille, à qui les conteras-tu?...

(Elle sort en maugréant.)

MADAME BENOIST

Un petit café d'un quartier excentrique.

Il est neuf heures du matin.

Personne encore dans la boutique... personne, si ce n est M. Benoist, patron à la fois et garçon de l'établissement.

Il casse du sucre, qu'il jette ensuite dans un tiroir placé devant lui.

— Pan!... pan!... pan!... Ah çà! quelle heure est-il, que Léontine n'est pas encore descendue?... Neuf heures passées!... Elle se moque du monde, je crois... (Criant.) Madame Benoist!... madame Benoist!...

UNE VOIX (d'en haut). — Un instant... On y va... Le feu n'est pas au comptoir!

M. BENOIST. — On ne vous demande pas tout ça... Je vous ai déjà dit qu'il fallait être à remplir vos carafons à huit heures et demie au plus tard... (A part.) Le jour où j'ai épousé cette femme-là, j'aurais aussi bien fait de me casser la jambe...

MADAME BENOIST (apparaissant). — C'était bien la peine de me presser... (Jetant un regard dans le café désert.) Pas un chat!...

(Elle arrange ses fausses boucles devant la glace.)

M. BENOIST. — Je vous ai déjà dit de vous coiffer ailleurs. Ça fait tomber des cheveux dans les plateaux, et il y a des clients qui se plaignent.

MADAME BENOIST. — Il faut toujours que vous grogniez!

(Elle s'assied dans le comptoir, prend une glace dans le tiroir et se passe à la poudre de riz. Sans doute l'examen qu'elle a fait pendant ce temps-là de sa personne lui agrée ; car elle se sourit avec satisfaction. Et, en effet, elle n'est pas laide du tout Madame Benoist, avec ses vingt-huit ans, ses yeux noirs et son embonpoint aimable.)

M. BENOIST (qui casse toujours du sucre). — Oh! vous êtes assez pomponnée comme ça... pour ce que la maison en profite...

MADAME BENOIST. — Vous allez encore me faire des reproches!

M. BENOIST (avec amertume). — Je crois que j'en ai le droit.

MADAME BENOIST. — S'il y en a un de nous deux qui ait à se plaindre, j'imagine que ce n'est pas vous, pourtant.

M. BENOIST. — Ah! vous vous imaginez cela!... C'est de l'aplomb, par exemple!... Ah! vous vous... (Dans son émotion, il se

tape sur les doigts au lieu de taper sur le sucre.) Sacccré nom de nom!... Il ne me manque plus que de m'estropier... Ça achèvera les
affaires.

MADAME BENOIST. — Elles sont belles les
affaires qu'on fait ici.

M. BENOIST. — Je vous conseille de vous
en vanter, quand c'est vous qui êtes cause
de...

MADAME BENOIST. — Moi!

M. BENOIST (se levant). — Tenez, Léontine,
j'en ai assez. Il faut que je déborde.

MADAME BENOIST. — Voyons le déborde-
ment !

M. BENOIST. — Vous savez pourquoi je vous
ai épousée?

MADAME BENOIST. — Parce que je vous ai
plu, sans doute.

M. BENOIST. — Peuh! Je suis bien un
homme à m'occuper de cela... à mon âge!... Je
vous ai remarquée chez votre mère, qui était

marchande de parapluies dans le quartier.

MADAME BENOIST (avec émotion). — Pauvre mère! Vous ne me parleriez pas ainsi si elle vivait encore...

M. BENOIST. — Oui, c'est convenu... vous me l'avez déjà dit. Glissons... Je vous avais remarquée... Pas pour moi, j'ai passé l'époque; mais je m'étais dit : Voilà une petite femme qui irait joliment à ma clientèle.

MADAME BENOIST. — Vous n'avez pas honte !

M. BENOIST. — De quoi, honte? De quoi, honte? Je peux marcher le front haut, madame, vous entendez?... Les Benoist ont une réputation établie. Seulement le commerce est le commerce... Dans ma partie, quand on n'a pas un établissement de grand flafla, il faut attirer la pratique du voisinage. Et pour ça il est indispensable d'avoir au comptoir une figure qui plaise... Pour lors, en vous voyant, je pensai tout de suite que vous seriez cette figure-là... J'avais une dame de comptoir qui me coûtait cent francs par mois... Autant vous épouser, quoique vous n'eussiez pas un sou de dot... Ça revenait au même, et j'avais plus d'autorité sur vous que sur une étrangère.

MADAME BENOIST. — Je me demande où vous voulez en venir.

M. BENOIST. — Où je veux?... vous allez le savoir... Je me marie donc!

MADAME BENOIST. — Hélas!

M. BENOIST. — Ah! oui, hélas! Dans les premiers temps ça n'allait pas trop mal... Je vous avais fait la leçon et vous m'écoutiez. Je vous avais dit : Dans votre comptoir il faut vous arranger pour avoir l'air de remarquer tous ces messieurs isolément, sans les exciter les uns contre les autres. Ne décourager personne en encourageant tout le monde.

MADAME BENOIST. — Est-ce que je ne l'ai pas fait?

M. BENOIST. — Dans les commencements, si !... Mais à présent...

MADAME BENOIST (légèrement troublée). — A présent, je continue.

M. BENOIST. — Laissez-moi donc tranquille... Maintenant, ce n'est plus reconnaissable. Le capitaine ne revient plus depuis que vous l'avez brutalisé... Il avait une inoffensive manie... il aimait à vous embrasser la main dans l'arrière-boutique, sous prétexte d'aller chercher son parapluie qu'il y déposait en entrant.

MADAME BENOIST. — Et la taille qu'il me prenait?

M. BENOIST. — Quand même !... Où était le mal, puisque vous saviez que c'était sous mes yeux.

MADAME BENOIST. — Vous êtes...

M. BENOIST. — Je ne vous demande pas ce que je suis... Je le sais peut-être mieux que vous ne le supposez... Je suis d'abord en train

d'aller à la faillite, vu que pour cinq ou six
autres ç'a été comme pour le capitaine... le
quincaillier d'en face ne met plus les pieds chez
nous... Lui, un joueur de jaquet enragé... Il
va chez Paulin, notre concurrent, qui a une
femme, lui, qui fait attention à la pratique...
Le sous-chef du n° 18, celui qui vous faisait
des vers, n'est plus revenu depuis que vous
avez cessé de le regarder de la façon que je vous
avais montrée. Sans compter que ceux qui
restent encore ne tarderont pas à déguerpir...
Hier soir, le grand brun dont nous ne savons
pas le nom, mais qui venait toujours, et...

MADAME BENOIST. — Eh bien?

M. BENOIST. — Eh bien ! vous êtes si froide
pour lui, qu'il n'a pris que trois bocks dans
sa soirée, lui qui faisait toujours pour des
sept ou huit francs de consommation, sans
compter les écartés à un franc qu'il se laissait gagner par moi, quand vous lui donniez
des distractions.

MADAME BENOIST. — Je lui ai souri trois fois... A huit heures et demie, lorsqu'il est arrivé... à neuf heures vingt, et à...

M. BENOIST. — Des sourires qui avaient l'air de grimaces... entre deux pages de la lettre que vous griffonniez derrière les carafons.

MADAME BENOIST. — La lettre?...

M. BENOIST. — Si vous croyez que je ne me suis pas aperçu de vos manéges... Vous aimez M. Oscar.

MADAME BENOIST (rougeoyant). — Moi!...

M. BENOIST. — Vous vous entreglissez des billets... M. Oscar!... le plus chien de mes clients... un homme qui ne prend jamais qu'un mazagran et dont il faut encore remplir la chope aux trois quarts...

MADAME BENOIST. — Je ne sais pas ce que vous voulez dire.

M. BENOIST. — Eh bien, moi je le sais... Oh! ne croyez pas que je veuille faire l'Othello... Je ne suis pas jaloux pour moi, je suis jaloux au nom de ma clientèle. Je ne dois pas tolérer ce qui serait un passe-droit fait à tous les autres... oui, madame, un passe-droit!

MADAME BENOIST. — Eh bien, je m'en irai, si c'en est ainsi.

M. BENOIST. - Non!

MADAME BENOIST. — Oui, oui, et tout de suite. (Elle se lève.)

M. BENOIST. — Léontine, tu ne ferais pas ça... Tu ne voudrais pas ruiner un honnête homme qui a eu confiance en toi.

MADAME BENOIST. — Il est joli l'honnête homme.

M. BENOIST. — Léontine... Les recettes ont baissé de 320 francs le mois dernier... Regarde les livres... Je t'en prie!...

MADAME BENOIST. — Alors, vous me promettez de ne plus me faire des scènes?

M. BENOIST. — Non... ma parole, mais

ne rebute pas tous ces messieurs pour ça.

MADAME BENOIST. — Je...

M. BENOIST. — On met la main sur le loquet... C'est le capitaine... Léontine, je t'en supplie, je ne t'adresserai plus de reproches... Mais tâche de le ressaisir... Un homme qui consommait jusqu'à douze absinthes panachées par jour!

ELODIE

Sur la porte on lit :

MADAME ÉLODIE GOUSSIN

GARDE-MALADE

Pose de sangsues et de ventouses; — veille les femmes en
couche. — Soins de famille.

Un monsieur grand, sec et jaune, qui doit
friser la soixantaine, frappe un petit coup
discret au-dessous de l'écusson que nous ve-
nons de transcrire.

2

Une voix rauque répond de l'intérieur :

— Entrez !

ÉLODIE. — Comment, c'est vous, Arsène ?
Je croyais que c'était une pratique.

ARSÈNE. — Un siècle qu'on ne s'est vu.
Vous avez là un malade joliment assujettissant.

ÉLODIE. — Que voulez-vous ? Il y en a qui
ont l'air de se prolonger exprès, quand on a
assez d'eux.

ARSÈNE. — Dix-neuf jours ! Savez-vous que
ça me prive ? (Il cherche à l'enlacer.)

ÉLODIE. — Monsieur Arsène.... je vous ai
déjà dit que je suis chatouilleuse.

ARSÈNE. — On l'a éprouvé.

ÉLODIE. — Vous allez vous taire, déver-
gondé !

ARSÈNE. — Enfin, pour combien de temps en
a-t-il encore ?

ÉLODIE. — Sans le médecin il aurait peut-
être pu aller jusqu'à la fin de la semaine. Mais
on lui a administré hier une potion.

ARSÈNE. — Enfin, tu ne rentreras pas encore ce soir?

ÉLODIE. — Vous devenez terrible!... Le fait est que je n'ai pas de chance depuis quelque temps. Ordinairement, une fois sur trois, on attrape un client qui bat la campagne. Ça fait qu'on peut s'esquiver une heure ou deux.

ARSÈNE. — C'est bien le moins.

ÉLODIE. — Oui, mais depuis cette année, c'est comme un guignon, je ne suis tombée que sur des malades qui ont leur connaissance jusqu'au bout.

ARSÈNE (lutinant). — Ce qui fait que je suis privé de voir la mienne.

ÉLODIE. — Des mots!... Il n'est pas mauvais. Vous prendrez bien le café avec moi?

ARSÈNE. — Je prendrai tout ce que vous voudrez.

ÉLODIE. — Ces hommes de soixante ans, quand ça ne se range pas tout à fait, ça tourne au satyre,

ARSÈNE. — Est-ce ma faute si vous m'exaltez?

ÉLODIE. — Je n'aurais jamais cru que les anciens professeurs d'écriture étaient si inflammables.

ARSÈNE. — Il ne dépend que de vous de me calmer; épousez-moi.

ÉLODIE. — Pour ça, tu sais, mon chéri, jamais. Elodie Goussin, quand elle a eu enterré son premier, a juré qu'on ne l'y reprendrait pas. Pour batifoler, ça va bien, mais du conjungo, il n'en faut plus. C'est bien assez d'être l'esclave de la clientèle. En fait d'exigences, les moribonds me suffisent.

ARSÈNE. — Ne vous fâchez pas... Tu t'emportes...

ÉLODIE. — Je t'ai déjà dit que nous ne nous marierions jamais. Je veux bien avoir de la faiblesse pour toi.

ARSÈNE. — Tu dis ça, mais au fond je suis sûr...

ÉLODIE. — Sûr de quoi?... Ça devrait être. Je ne crois pas qu'il y ait un homme sous la calotte des cieux qui vaille la peine qu'on pense à lui. Mais c'est plus fort que moi.

ARSÈNE. — Pour de vrai?

ÉLODIE. — J'en suis bête. L'autre jour, mon malade me demande à boire. J'avais monsieur dans l'idée... (Elle lui donne une tape sur la joue.) V'lan! au lieu du looch, je vide dans un verre la moitié d'une bouteille de baume tranquille et je veux le lui faire boire. Heureusement que l'odeur m'a avertie, sans quoi j'envoyais dans l'autre monde un innocent. Tout cela parce que vous me trottez dans la tête. Vilain libertin... Un peu de kirsch?

ARSÈNE. — Il est fameux!

ÉLODIE. — Je le crois bien. Il vient de chez l'apoplectique du mois dernier. Une maison rudement montée, va! J'ai regret de n'en avoir emporté que trois bouteilles. Ils étaient tellement occupés à pleurer pour de bon que

j'aurais pu déménager tout le bazar... Encore
un verre ?

ARSÈNE. — C'est pas de refus.

ÉLODIE. — Et dire que monsieur a l'ingratitude de prétendre qu'on n'a pas de cœur.

ARSÈNE. — Je n'ai pas dit ça.

ÉLODIE. — Tiens, hier encore, en faisant
un cataplasme, je songeais comme cela : Où
est-ce qu'il peut bien être, mon monstre, dans
ce moment-ci ?

ARSÈNE. — Ne me fais pas de ces yeux-là
quand tu dois t'en aller.

ÉLODIE.— Le fait est que l'heure s'avance.

ARSÈNE. — Il n'est pas encore midi.

ÉLODIE. — J'ai demandé deux heures pour
aller manger un morceau. Dans la maison où
je suis, sous prétexte qu'ils sont dans le chagrin, la marmite est renversée. Heureusement
que la cuisinière et moi nous faisons cuire
de temps en temps un poulet... Une bonne
fille.

ARSÈNE. — Elle est jolie?

ÉLODIE. — Qu'est-ce que ça vous regarde?

ARSÈNE. — Oh! je demandais ça...

ÉLODIE. — On vous en donnera des filles de vingt-deux ans. Heureusement celle-la, je ne vous conseille pas d'aller rôder autour... elle a sa connaissance qui est clairon dans les chasseurs à pied.

ARSÈNE. — Toujours soupçonneuse!

ÉLODIE. — Si vous croyez!... Quand on est obligée de laisser sans surveillance un mauvais sujet comme vous pendant des semaines.

ARSÈNE (minaudant). — La fidélité en personne.

ÉLODIE. — Il y a des moments où, avant de partir, j'aurais des envies, pour que vous ne puissiez pas vagabonder, de vous poser quarante sangsues n'importe où!

ARSÈNE. — Merci bien... Dis donc, chérie?

ÉLODIE. — Qu'est-ce que tu veux?

ARSÈNE. — C'est embarrassant.

ÉLODIE. — Quoi donc?

ARSÈNE. — Tu comprends, si ça te devait coûter la moindre des choses, je ne te le demanderais pas.

ÉLODIE. — S'expliquera-t-il à la fin?

ARSÈNE. — Mais, dans ta profession, tu as ça sous la main... Les occasions...

ÉLODIE. — Si tu veux que je repasse un autre jour, tu auras le temps de préparer tes phrases.

ARSÈNE. — Eh bien, voilà. J'ai une redingote qui rit au coude et dont les coutures divorcent. Comme la leçon d'écriture ne donne plus guère, il m'est difficile d'acheter.... Tandis que si, par hasard, en regardant dans l'armoire d'un client...

ÉLODIE. — C'est que ça?... Es-tu bête de ne pas le dire tout de suite! Ça va tout seul. Je t'en apporterai plutôt deux qu'une.

ARSÈNE. — Merci... Seulement, tu sais, j'ai

des superstitions ; je n'aimerais pas que ce soit après le décès.

ÉLODIE. — Je te promets que ce sera avant. Justement, celui d'à présent est à peu près de ta taille... Je sais bien qu'il a dû maigrir : mais tu feras faire une pince si c'est nécessaire.

ARSÈNE. — Es-tu bonne !

ÉLODIE.—Il faut que je m'en aille, cette fois. Midi qui sonne. Embrasse-moi.

ARSÈNE. — Oh oui !

ÉLODIE. — Vous serez sage ?

ARSÈNE. — Est-ce que tu ne reviendras pas ?

ÉLODIE. — Ça dépend, il y a une consultation.

ARSÈNE. — Ah !

ÉLODIE. — Trois des premiers médecins. Ils n'y feront pas plus qu'un clou à une charrette. Mais comme il y a un neveu à héritage il tient à avoir l'air de faire les choses grandement. Et puis les consultations c'est bien porté. Ils ne parlent que de ça depuis trois jours à tous ceux qui viennent.

ARSÈNE. — Des poses!

ÉLODIE.— Ne m'en parle pas... Enfin j'écouterai ce qu'ils diront, les médecins.

ARSÈNE. — Ce n'est pas toujours un renseignement.

ÉLODIE.— Aussi on en prend et on en laisse. Mais enfin ça sert à guider un peu. S'ils disent que ça va marcher à toute vitesse, pas moyen de bouger.

ARSÈNE. — Que veux-tu!... Je me résignerai à attendre que ce soit fini.

ÉLODIE. — Faudra bien... Au contraire, si ça doit être une agonie traînante, je pourrai filer un moment quand tout le monde dormira.

ARSÈNE. — Entendu, je laisserai ma clef sur la porte.

ÉLODIE. — Adieu, coureur.

ARSÈNE. — Si c'est possible de dire....

ÉLODIE. — Puisque l'on vous aime comme cela. Embrassez-moi encore.

ARSÈNE. — Dis... Tu penseras au paletot?...

BOITE AUX LETTRES

MADEMOISELLE CLORINDE : Vingt-trois ans, des cheveux déguisés en jaune, le reste comme toutes les cocottes de votre... (oh ! pardon, lecteur !) de ma connaissance. Pas de signes particuliers, si ce n'est ceux qu'elle se fait avec un bout d'allumette passée au feu.

MADEMOISELLE CÉCILE, l'amie : Trente-neuf ans, une laideur montée en graine, des dents qui figureraient assez exactement un clavier de piano où il n'y aurait que des *dièzes*. —

3

Ancienne élève de Saint-Denis qui, n'ayant pu dérailler pour son compte, préside au déraillement des autres... Les aide à tondre les moutons, à couper les bourses bien garnies, et va-t-en ville donner des consultations de gredinerie.

MADEMOISELLE CLORINDE. — Ma petite Cécile, tu arrives à propos.

CÉCILE. — Pourquoi faire?

MADEMOISELLE CLORINDE. — Pour mettre à jour ma correspondance.

CÉCILE. — C'est que j'ai promis à Tata d'aller lui estimer son nouveau protecteur.

MADEMOISELLE CLORINDE. — Elle en change donc comme de...

CÉCILE. — Simultanément. Cette pauvre Tata est enguignonnée. Tous ceux qui lui jurent de se ruiner pour elle disparaissent à la troisième séance.

MADEMOISELLE CLORINDE. — Parbleu !... avec son râtelier !... Quand on veut manger l'argent des autres, il faut au moins le faire avec des dents à soi.

CÉCILE. — Possible... mais elle m'intéresse. Je dois aller jauger un baron qu'elle a cueilli aux Folies-Bergère.

MADEMOISELLE CLORINDE. — Pas beaucoup d'arbres à fruit dans ce verger-là.

CÉCILE. — En deux temps je lui aurai sondé le cœur.

MADEMOISELLE CLORINDE. — En lui tapant sur le portefeuille... Écoute, je t'en prie, plante là Tata pour aujourd'hui et donne-moi ta journée. Regarde, j'ai haut comme ça de lettres à répondre.

CÉCILE. — Pourquoi n'apprends-tu pas à écrire?

MADEMOISELLE CLORINDE. —L'orthographe, pour moi, c'est comme le mariage... Incompatibilité d'humeur.

CÉCILE. — Il faut absolument que je m'en aille.

MADEMOISELLE CLORINDE. — Voyons, ma petite Cécile, tu ne feras pas ça!... Tiens, veux-tu ce dessus brodé en jais?...

CÉCILE. — Peuh! Il est un peu lourd.

MADEMOISELLE CLORINDE.—Et ce médaillon?

CÉCILE. — Il est un peu léger... N'importe, je reste!

MADEMOISELLE CLORINDE. — Tu es gentille, va!

CÉCILE (amère). — Si j'étais gentille, tu ne me recevrais pas... Tu ne voudrais pas qu'il y eût deux magasins pareils dans la maison... Enfin, je sais que je suis laide et j'en ai pris mon parti... Je me venge des hommes en les plumant par procuration... Comme ça, au lieu de n'avoir que deux mains pour cette besogne-là, j'en ai cent.

MADEMOISELLE CLORINDE.—A-t-elle de l'esprit!

CÉCILE. — Mais non... C'est eux qui n'en ont pas!

MADEMOISELLE CLORINDE (apportant une liasse). — Tiens, dépouille.

CÉCILE. — Est-ce un mot?

MADEMOISELLE CLORINDE. — Je ne m'en étais pas aperçue.

CÉCILE. — C'est pour cela qu'il est drôle... (Elle prend une lettre.) Qu'est-ce que c'est que celle-là? Il signe le vicomte de Panardière.

MADEMOISELLE CLORINDE. — J'ai pris des renseignements. Bonne famille; a croqué trois cent mille francs avec Lélia, des Variétés. Mais il lui reste encore un demi-million.

CÉCILE. — C'est égal... Méfie-toi. Ce premier repas doit avoir donné une gastrite à sa générosité. Il ne faut jamais entrer dans un cœur comme second service.

MADEMOISELLE CLORINDE. — Alors ne lui réponds pas du tout.

CÉCILE. — Comme de juste. (Elle jette la lettre au feu.)... Et celle-ci?... Signée don Ramirez, attaché à la légation du Chili.

MADEMOISELLE CLORINDE. — Qu'est-ce qu'il demande?

CÉCILE. — Parbleu! tout.

MADEMOISELLE CLORINDE. — Et il offre?

CÉCILE. — Rien... C'est-à-dire qu'il parle de son dévouement affectueux... Un cliché! Vois-tu, l'Amérique du Sud, rien à faire à présent... Ils ont les révolutions qui les mettent sur la paille. Ils n'ont pas besoin de nous.

MADEMOISELLE CLORINDE. — Est-elle instruite!

CÉCILE. — On sait la géographie du porte-monnaie... Au feu le Chilien! (La lettre flambe.)

MADEMOISELLE CLORINDE. — Comme cela, il éclaire malgré lui.

CÉCILE. — De ton bâilleur ordinaire, ce poulet.

MADEMOISELLE CLORINDE. — Ah! oui... Le billet où il me fait une scène de jalousie parce qu'il ne m'a pas trouvée samedi.

CÉCILE. — A quelle heure?

MADEMOISELLE CLORINDE. — A trois heures du matin.

CÉCILE. — Impossible de lui répondre que tu étais à une réception académique.

MADEMOISELLE CLORINDE. — Non, mais dis-lui comme ça que j'avais été chez ma tante.

CÉCILE. — Pourquoi pas tout de suite que tu étais allée le soir au bain, que tu t'es endormie dans ta baignoire où tu ne t'es réveillée qu'au point du jour. Ce serait tout aussi vraisemblable que les tantes malades... Assez de rengaines. Réponds-lui que tu étais à une séance de spiritisme et que l'esprit n'est descendu qu'au milieu de la nuit.

MADEMOISELLE CLORINDE. — C'est un peu fantaisiste peut-être?...

CÉCILE. — N'aie pas peur, du moment qu'il s'agit d'esprit, il n'a pas de moyens de contrôle... Ajoute, pour mettre du baume, que tu l'attends... quel soir?

MADEMOISELLE CLORINDE. — Jeudi... non...
je ne peux pas... Samedi... non, attends, j'ai
promis à Léon... Lundi...

CÉCILE. — Il faudrait tàcher de te forti-
fier aussi sur le calcul de tête... Va pour
lundi... Une lettre armoriée... « Mademoiselle, quoique j'aie dépassé l'àge de raison, je
me sens prêt à faire pour vous toutes les
folies... »

MADEMOISELLE CLORINDE. — Y a-t-il bien
pour et pas *avec?*

CÉCILE. — Il y a *pour*... Papier très-chic;
nom coté... un banquier solide... Je vais te
soigner la réplique... Cette autre... « Charmante créature !... »

MADEMOISELLE CLORINDE. — Créature!...
En voilà un grossier!

CÉCILE. — Ne te fâche pas... C'est un bébé
qui jette sa gomme... le petit Michel... Encore
plus vieux que le sexagénaire ci-dessus et
très-riche aussi... Deux passions parallèles à

prolonger indéfiniment, en ayant soin qu'elles ne se rencontrent jamais. Hein?... Qu'est-ce que celui-ci?... Il te propose sa main...

MADEMOISELLE CLORINDE. — Avec quoi dedans?

CÉCILE. — Il ne le dit pas... Passons.. Aïe!... Un créancier... deux créanciers... trois, quatre, cinq créanciers!... Clorinde, tu vas trop vite.

MADEMOISELLE CLORINDE. — Demande-leur du temps.

CÉCILE. — Oui, le proverbe anglais dit que c'est de l'argent... mais ils réclament en français, eux.

MADEMOISELLE CLORINDE. — Explique-leur que nous avons traversé une crise, mais que les affaires reprennent.

CÉCILE. — On tâchera... Seulement, c'est un jeu dangereux que tu joues là... Rappelle-toi le conseil d'une connaisseuse... Le jour où tu seras saisie et vendue, ta beauté n'aura

3.

plus cours... Les hommes ne se ruinent que pour les femmes qui n'ont pas l'air d'en avoir besoin.

MADEMOISELLE CLORINDE. — Je ferai attention.

CÉCILE. — Oui... comme ceci, n'est-ce pas. (Elle lui tend un papier.)

MADEMOISELLE CLORINDE. — Cécile !

CÉCILE (sévèrement). — Tu m'avais promis que tu ne te laisserais plus duper par lui.

MADEMOISELLE CLORINDE. — Pauvre Alphonse !

CÉCILE. — Tu sais, c'est à prendre ou à laisser... Si tu le reçois, je ne reviens pas... je ne veux pas te voir submergée devant mes yeux par la marée montante.

MADEMOISELLE CLORINDE. — Je te jure...

CÉCILE. — Plus tard, sur ton déclin, tu pourras t'offrir ces caprices-là... Quand tu auras fait ton beurre... ce sera d'à-propos... Mais aujourd'hui, que les dettes t'assiégent...

MADEMOISELLE CLORINDE. — Puisque je te dis que tu as raison.

CÉCILE. — Ah!... Aux derniers les bons.

MADEMOISELLE CLORINDE. — Quoi!

CÉCILE. — Une requête de monsieur ton papa. Il te demande vingt francs pour se procurer quelques douceurs à Bicêtre.

MADEMOISELLE CLORINDE. — Bernique!

CÉCILE. — Il t'assure qu'il n'oubliera jamais ce que tu auras fait pour lui.

MADEMOISELLE CLORINDE. — Moi non plus, je n'ai pas oublié les coups qu'il m'administrait.

CÉCILE. — Tu sais! je ne coupe pas dans la sentimentalité. Mais, pour vingt francs...

MADEMOISELLE CLORINDE. — Peuh!

CÉCILE. — Si c'est pas par question de famille, pense qu'il appartient à un sexe à qui tu dois tout.

MADEMOISELLE CLORINDE — Un gâteux!

CÉCILE. — Clorinde, ne dites pas de mal des gâteux, s'il vous plait. On ne doit jamais décrier sa clientèle!

IDYLLE

Le cimetière Montparnasse.

Le jour baisse; les avenues deviennent solitaires.

A travers un sentier qui court entre les tombes se glisse l'ombre d'une jeune fille dont on peut encore, aux lueurs crépusculaires, distinguer le profil vraiment charmant.

Où va-t-elle ainsi?

Sans doute quelque deuil qui vient s'agenouiller tardivement sur un tombeau de famille?

Mais non.

La jeune fille, après avoir regardé derrière elle comme pour s'assurer qu'elle n'est pas suivie, fait soudain un détour rapide, s'approche d'un monument funéraire, et frappe un coup discret à la porte qui s'ouvre aussitôt.

Celui qui l'a ouverte est un jeune homme d'environ vingt-quatre ans.

Robuste gaillard d'ailleurs, aux manches retroussées, qui a posé sa bêche dans un coin.

La jeune fille, légèrement émue, murmure un :

— Fermez vite, que personne ne me voie !

— N'ayez pas peur, mam'selle Julienne.

— J'ai bien cru que je ne pourrais pas venir, allez !

— Vraiment?

— Au dernier moment il est arrivé une grosse dame à qui il a fallu montrer des pierres couchées pour son défunt... Elle n'en finissait pas de choisir.

— Elle avait peut-être peur qu'elle ne soit pas assez solide et qu'il s'évade. Hé!... hé!... (Il rit.)

— Dame!... (Elle rit aussi.)

— Le fait est que je commençais à désespérer de vous voir ce soir.

— J'avais pourtant bien travaillé, allez, pour que maman me laisse sortir un instant.

— Que vous êtes gentille !

— J'ai tressé dans ma journée huit *regrets éternels* du grand modèle.

— Des doigts de fée... (Il lui baise la main.)

— Chut!... Des pas...

— Ce n'est rien... c'est un convoi d'enfant qu'on attendait et qui était en retard:.. Il n'y a personne derrière... Les croque-morts ont hâte d'aller souper, et il n'y a pas de danger qu'ils flânent.

— C'est que voyez-vous, monsieur Joseph,

si mes parents savaient que je vous donne
des rendez-vous, ils me battraient... mais ils
me battraient !

— Vous croyez qu'ils ne voudraient toujours pas entendre parler de moi, si je me dé-
clarais ?...

— Gardez-vous-en bien !... Papa surtout a
des idées d'ambition.

— Je sais bien.

— Il voudrait que j'épouse... c'est son rêve...
le fils de M. Bardin... celui qui a gagné tant
d'argent avec le brevet qu'il avait pris pour
les petits anges de plâtre avec des yeux d'é-
mail, comme les poupées.

— Je connais... Ça fait très-bien sur une
tombe.

— Maman, elle, a d'autres vues.

— Ah ! votre mère...

— Elle me disait encore comme ça tantôt,
pendant que je tressais mes *Regrets* : « Vois-
tu, Mimie, dans notre partie, une fille peut

prétendre à tout. La mort, ça vous met en contact avec ce qu'il y a de mieux dans la société. »

— C'est vrai tout de même.

— « Pour lors, a-t-elle continué, rien n'empêche que tu deviennes comtesse ou n'importe quoi de haut... Il suffirait qu'un riche monsieur vint à la boutique pour un des siens... J'ai connu un marbrier moins conséquent que nous qui a marié son unique avec un banquier qui était venu commander une colonne tronquée pour sa nièce... »

— Ah ! elle vous a dit cela, votre mère?

— Oui, et elle a ajouté : « Ça avantage toujours d'être regardée à travers des larmes... »

— Et qu'est-ce que vous lui avez répondu, Julienne?

— Moi, je ne dis rien... A quoi bon l'obstiner !

— Vous ne dites rien... Vous ne m'aimez donc pas?... (Il l'enlace.)

— Ingrat !

— Écoutez, par instants j'ai des doutes. L'autre jour, par exemple, comme je passais, vous causiez avec un petit gommeux.

—. Une pratique.

— Je sais... Mais sa tête se penchait près de la vôtre.

— Je lui faisais voir des modèles d'inscription pour le tombeau de son oncle...

— Possible !... Mais il vous frôlait de trop... sans compter que le lendemain il est revenu.

— Parce qu'on lui avait dit que les lettres gothiques étaient plus comme il faut.

— Possible encore !... Il n'en est pas moins vrai que vous êtes exposée à des séductions de tous les jours... C'est comme cet auteur qui vous apporte des billets de spectacle chaque fois qu'il vient rendre visite à feu sa femme, qu'on a inhumée dans la seconde travée de la première section.

— Je ne peux pourtant pas vivre en ermite.

— Quand je pioche dans la journée les terrains à temps qui sont en reprise, mam'selle Julienne, il me passe dans la cervelle des ombrages... que parfois je porte envie à ceux dont je remue les os à la pelle.

— Voulez-vous bien ne pas dire de ces choses-là !...

— Alors tu m'aimes ?

— Est-ce que je serais ici sans cela ?

— Chérie !... Tiens... voilà des camélias que j'ai empruntés, à ton intention, à un gros bouquet qu'on a apporté ce matin sur le cercueil d'une marquise.

— Imprudent !... Si on te voyait !

— Ils sont beaux, hein ?...

— J'ai comme cela toute une collection fanée de fleurs que tu m'as données... je les serre dans une petite caisse où il y a eu des immortelles.

— Vrai ?

— Écoute !... on a remué...

— Ce n'est rien... c'est des maudits rats qui sont dans ce caveau... L'autre jour, il y en a un qui a grimpé et qui a mangé tout un cierge... il ne restait plus que la mèche... Julienne !...

— Quoi ?

— Répète encore que tu m'aimes !

— Il est trop tard... Il faut que je rentre...

— Non !

— J'ai dit pour sortir que je venais arroser les fleurs du jardin que papa entretient à l'année.

— Une minute !... Ah ! j'oubliais... Toi qui aimes les exhumations, il y en aura une certainement demain.

— Ah !

— Pour une affaire criminelle... un empoisonnement. Il s'agit de faire une autopsie.

—· A quelle heure ?

— A sept heures du matin.

—Je dirai à maman que j'ai envie de voir ça.

— Je vous ferai placer au premier rang.

— Merci !

— Et après?...

— Après?

— Vous trouverez bien moyen de me donner un petit quart d'heure.

— Le jour, c'est trop dangereux.

— Je vous en prie!

— Non...

— Je vous en supplie !

— Je ne peux pas me compromettre.

— Parce que vous ne m'aimez plus.

— Monsieur Joseph, ce n'est pas bien.

— Voilà... Je ne suis pas assez riche... Je
travaille pourtant bien... Mais que voulez-
vous? Le commerce va trop doucement à cette
heure. Depuis qu'ils se sont avisés d'assainir
Paris, on n'a pas seulement tous les dix ans
un choléra pour pouvoir faire ses affaires un
peu en grand.

— Cette fois-ci, on a marché.

— Oui.

— Ah ! mon Dieu !

— C'est Paul, le gros fossoyeur... Il est un peu dans les vignes. Il s'en va chantant.

— J'ai eu une peur... Je ne viendrai plus.

— Julienne !

— Si... mais laisse-moi partir...

— Tu le veux? (Il l'embrasse.)

— Il fait presque nuit... Si un jour on fermait les portes du cimetière tout de même!...

— Eh bien, tant mieux !

— Voulez-vous vous taire... (Elle lui tape sur la joue.) Adieu !

— Adieu !

— A demain !...

— A demain !... (De loin.) N'oublie pas l'exhumation à sept heures.

— Non... (Elle lui envoie un baiser qui se perd dans les ténèbres.)

LE BONHEUR D'ERNESTINE

Intérieur bourgeois.

Une chambre à coucher où (selon l'expression familière) *tout est en l'air.*

Devant la glace de la toilette, une dame d'un âge respectable promène sur son visage mûri le bout de son doigt enveloppé dans une serviette qui a été préalablement frottée sur un petit pot de rouge.

Devant la glace de l'armoire, une jeune fille s'ondule les cheveux en les pinçant avec un fer.

Devant un miroir attaché à l'espagnolette de la fenêtre, un monsieur bedonnant et consciencieusement laid, achève de se raser en se livrant à des grimaces propres à fournir la démonstration décisive de la théorie qui nous fait descendre du singe.

La dame est la maman.

La jeune fille est la demoiselle.

Le monsieur est le papa.

LA MAMAN. — Ça sent le brûlé... Ernestine, tu te roussis les cheveux....

LA JEUNE FILLE. — Non, mère.

LA MAMAN. — Je te dis que ça sent le brûlé... Tu ne vas pas détériorer un de tes plus beaux ornements pour le jour solennel où tu dois être présentée à ton futur !...

LA JEUNE FILLE. — .... (Un soupir.)

LA MAMAN. — Hein ?...

LA JEUNE FILLE. — Je ne dis rien.

LA MAMAN. — Si tu crois que je ne t'ai pas entendue soupirer !...

LE PAPA. — Le fait est, bichette, que pour une date aussi mémorable, tu as l'air d'un enterrement.

LA JEUNE FILLE. — Je ne veux pas me marier. Pourquoi me force-t-on?

LA MAMAN. — Parce que vous êtes une petite sotte qui ne savez rien de la vie, et qu'il faut avoir du bon sens pour vous.

LA JEUNE FILLE. — Je...

LE PAPA. — Ernestine, ce n'est pas bien. Depuis huit jours tu fais de la peine à ta pauvre mère... Qu'est-ce qu'elle veut? Ton bonheur!

LA MAMAN. — Laisse donc, Alcide, tu perds ton temps. Il faut nous résigner à l'ingratitude... Mais ce que j'exige, c'est que devant le monde vous ne laissiez rien paraître de votre mauvais vouloir..... Nous avons quinze personnes à dîner pour faire honneur à M. Bordin. Vous tâcherez de vous tenir.

LA JEUNE FILLE. — Je n'ai pas l'habitude de...

4

LA MAMAN. — Pas de réflexions. Arrivez ici que je vous lace. Vous ne savez seulement pas faire valoir vos avantages. Vous vous étranglez la poitrine... Là... Qu'est-ce que c'est que ça?...

LA JEUNE FILLE. — Mais c'est ma robe blanche.

LA MAMAN. — Je le vois parbleu bien... je ne suis pas aveugle. Mais est-ce que vous vous figurez que vous allez la porter pour ce soir boutonnée jusqu'en haut?

LA JEUNE FILLE. — Il me semblait...

LA MAMAN. — Vous pouvez vous dispenser de prendre des airs de mijaurée... Vous me ferez le plaisir de rentrer les côtés dedans... Encore plus... De trois boutons... Vous n'avez pas besoin de cacher ce que vous avez de bi·n... La première femme de M. Bordin lui a laissé des souvenirs contre lesquels vous avez à lutter... C'était une personne magnifique... surtout pour la prestance.

LE PAPA. — C'est ce qu'à l'âge de Bordin et au mien nous apprécions le mieux... Aïe!... je me suis coupé!

LA MAMAN. — Vous feriez mieux de vous raser en silence que de faire des observations pareilles... M. Bordin, d'abord, à cinq ans de moins que vous...

LE PAPA. — Cinq mois...

LA MAMAN. — Cinq ans, vous dis-je. Dans tous les cas, il est aussi bien conservé que vous êtes décrépit...

LE PAPA. — Mais...

LA MAMAN. — Vous avez repassé la romance que je vous avais signalée... *La Fleur brisée?*.. une allusion discrète à son veuvage... Vous chanterez ensuite : *Le cœur ne vieillit jamais !*... Il comprendra que c'est pour lui... Et vous tâcherez d'y mettre de l'expression.

LA JEUNE FILLE. — Tu ne veux pas, je suppose, mère, que j'aie l'air de me jeter à la tête de M. Bordin?

LA MAMAN. — Il ne s'agit pas de se jeter à la tête... et je vous prie de ne pas vous servir d'expressions capables de porter atteinte à l'honorabilité de votre mère.

LA JEUNE FILLE. — Moi?...

LE PAPA. — Le fait est que tu as l'air de dire que ta mère veut se débarrasser de toi quand même.

LA MAMAN. — Taisez-vous donc, vous, dépêchez-vous de mettre votre habit noir... Dans un quart d'heure, nos invités vont arriver.... Vous êtes-vous occupé seulement des places?

LE PAPA. — J'ai dressé la liste.

LA MAMAN. — C'est cela! Vous allez flanquer madame Duras à côté de M. Bordin.

LE PAPA. — Dame!

LA MAMAN. — Belle idée! Une femme qui a toujours cinq ou six filles à marier dans sa manche! Pour qu'elle lui en propose une autre qu'Ernestine, n'est-ce pas?

LE PAPA. — Je n'y avais pas pensé. Je te demande pardon.

LA MAMAN. — Il faut que ce soit moi qui m'occupe de tout... Vous mettrez à la droite de M. Bordin le cousin Duponceau. Il est sourd comme un pot. De cette façon-là il ne pourra parler et le fiancé sera forcé de causer tout le temps avec Ernestine.

LE PAPA. — Tu as le génie diplomatique de Talleyrand.

LA MAMAN. — A ce propos, mademoiselle, vous avez retenu mon instruction d'hier au soir?

LA JEUNE FILLE. — Oui, mère.

LA MAMAN. — Vous lui parlerez du dernier sermon de l'abbé Fauvel... M. Bordin aime qu'on ait la foi... Je m'en suis informée.

LE PAPA. — Mais pas du tout; c'est un libre penseur. Il raffole de Voltaire.

LA MAMAN. — Comment se fait-il alors que l'on m'ait dit...

LE PAPA. — Il est franc-maçon... Je connais
le vénérable de sa loge.

LA MAMAN. — Alors vous ne lui parlerez pas
de sermon du tout... S'il vous questionne sur
vos sentiments religieux, vous lui répondrez
que la vraie religion c'est de faire le bien sans
hanter les églises... Vous entendez? Vous
ajouterez que vous détestez l'hypocrisie, et
vous placerez adroitement un mot contre les
Tartufes... Après cela, nous sommes conve-
nues d'un mot sur la défunte... Pas trop d'af-
fectation; une émotion contenue; puis vous
aurez l'air de glisser... Ah! n'oubliez pas de
demander quelque chose en anglais à M. Ri-
chardson, votre ancien professeur, qui sera
placé en face de vous... M. Bordin doit tenir
énormément à l'anglais pour ses relations
commerciales... Vous m'entendez?

LA JEUNE FILLE. — Mais je ne l'aime pas,
mère! Je ne l'aimerai jamais!

LA MAMAN. — Qu'est-ce qui vous prend?...

Est-ce que je vous parle d'amour, moi !...
Est-ce que je vous demande quelque chose sur
ce sujet-là? Je veux assurer votre bonheur,
voilà tout.

LA JEUNE FILLE. — Est-ce qu'on peut être
heureuse avec un mari qu'on n'aime pas?

LA MAMAN. — Vous en êtes encore là !...

LE PAPA. — Mais, bichette, s'il fallait s'a-
dorer parce qu'on est marié... Aïe!... je me
suis encore coupé.

LA MAMAN. — Vous ne vous tairez donc
pas !... Allez-vous-en vous habiller...

LE PAPA. — J'ai encore à me repasser le
menton.

LA MAMAN. — Vous avez dix-neuf ans....
Nous n'avons pas le moyen de vous donner
une dot. Un parti avantageux se présente...
un négociant qui a su gagner 20,000 francs
de rente.

LA JEUNE FILLE. — Après avoir fait faillite.

LA MAMAN (furieuse). — Il a été réhabilité.

mademoiselle... D'ailleurs, je n'ai pas d'explications à vous donner... Vous épouserez M. Bordin, et nous irons vivre à la campagne, votre père et moi... Nous avons bien le droit de nous reposer.... Tenez, attachez-moi les boucles d'oreilles en diamant que madame Gauchet m'a prêtées pour que je représente mieux... Prenez donc garde, vous me pincez... Maintenant... (Elle appelle.) Sophie!

(Survient la bonne.)

LA MAMAN.—Vous allez boutonner les bottines de mademoiselle pendant que je vais donner un coup d'œil à la table.

SOPHIE. — Oui, madame.

(La maman sort.)

LA JEUNE FILLE. — Oh! ma bonne Sophie, je t'en prie!

SOPHIE. — Quoi donc, mademoiselle?

LA JEUNE FILLE. — Mets-moi cette lettre à

la poste pour M. Léon. Surtout que maman
n'en sache rien !

SOPHIE. — Parbleu ! (Elle boutonne les
bottines.) A présent, je cours à la boîte. (A
part.) Allons semer de la graine d'adultère !

APPARTEMENT A LOUER

I

Mademoiselle Anita et son auguste concierge.

MADEMOISELLE ANITA. --- Alors c'est bien convenu, mère Branchu?

LA CONCIERGE. — Oui, mam'selle.

MADEMOISELLE ANITA. — Vous m'assurez qu'il a l'air d'un homme comme il faut?

LA CONCIERGE. — Du linge superbe, une chaîne de montre qui sonne le plein, des gants irréprochables; plus un fort accent étranger. Bref, je n'aurais rien souhaité de mieux dans mon temps.

MADEMOISELLE ANITA. — Quel âge?

LA CONCIERGE. — Cinquante-huit à soixante.

MADEMOISELLE ANITA. — La bonne période. Rien d'ardent comme un coucher de soleil! Et il doit revenir aujourd'hui?

LA CONCIERGE. — Oui, je lui ai dit comme ça hier que l'appartement n'était pas visible parce que vous aviez emporté les clefs.

MADEMOISELLE ANITA. — Très-bien. S'il fallait laisser monter tous ceux qui se présentent!

LA CONCIERGE. — Alors je lui ai promis qu'en revenant vers les une heure... Savez-vous, mademoiselle, que je risque joliment de me compromettre pour vous vis-à-vis du propriétaire! Car enfin, s'il savait que je mets comme ça un faux écriteau d'appartement à louer, il se fâcherait au nom de la considération de son immeuble.

MADEMOISELLE ANITA. — En fait de considération, je crois que la plus à considérer,
c'est celle-ci. (Elle lui montre un louis qu'elle
lui met dans la main.)

LA CONCIERGE. — A la bonne heure, mademoiselle, c'est plaisir que de travailler pour
vous.

MADEMOISELLE ANITA.—Vous avez bien compris le scénario.

LA CONCIERGE. — Qu'est-ce que c'est que ça?
Vous me parlez polonais à c'te heure?

MADEMOISELLE ANITA. — C'est juste! Vous
avez bien compris l'ordre et la marche?...

LA CONCIERGE.— Ah! oui, de point en point.

MADEMOISELLE ANITA. — Il est temps que
vous redescendiez.

LA CONCIERGE. — Le quart moins d'une
heure, je crois bien, il n'aurait qu'à être en
avance.

MADEMOISELLE ANITA.— Et moi, aux accessoires!

5

II

Mademoiselle Anita est allée chercher un réchaud sur lequel elle pose du charbon qu'elle allume après l'avoir placé au milieu de sa chambre à coucher.

Tandis que le charbon prend, elle se passe une agréable couche de blanc sur la figure et de bleu sous les yeux.

Voyons, suis-je assez nature! Oui... pas mal!... Les cheveux un peu dénoués... Peuh!.. ça sentirait peut-être un peu trop l'Opéra-Comique... Bigre! ce que ça sent surtout, c'est le charbon. Pas de bêtise!.. Je vais me retirer dans la pièce à côté en attendant... Oh! j'oubliais les quelques mots du cœur écrits sur la table de nuit et froissés d'une main fébrile... Hein?... des pas dans l'escalier... attention!... (Elle s'enferme et se jette précipitamment sur son lit.)

III

On entend la concierge qui dialogue avec un monsieur dans l'antichambre.

LA CONCIERGE. — Oui, monsieur, il y a deux chambres à coucher, une salle à manger....

LA VOIX D'HOMME. — Quelle singulière odeur !

LA CONCIERGE. — C'est vrai, on dirait du charbon.

LA VOIX D'HOMME. — Est-ce que les cheminées fumeraient ? Moi détester la fumée.

LA CONCIERGE. — Non, monsieur, il faut qu'il y ait quelque chose d'extraordinaire.

MADEMOISELLE ANITA (toujours sur son lit). — S'ils prennent du temps comme ça, je vais tourner de l'œil. Le drôle d'effet ! Il me semble que j'ai mangé des moules !

LA CONCIERGE. — Ah ! mon Dieu !

LA VOIX D'HOMME. — Que aviez-vous donc ?

LA CONCIERGE. — Mais ça vient de là-des-
sous, positivement... quel soupçon affreux!...
La jeune femme qui habite ici et que son mari
a abandonnée est si malheureuse... elle est
capable d'avoir voulu s'asphyxier.

LA VOIX D'HOMME. — Une suicide... Je aimais beaucoup les drames.

LA CONCIERGE. — Madame !... Madame !
ouvrez... Elle s'est enfermée. Plus de doute,
quel malheur ! Madame !

LA VOIX D'HOMME. — Attendez, je être très-
fort. (Un épouvantable coup d'épaule défonce
la porte, la concierge et l'étranger pénètrent.)

L'ÉTRANGER. — Grand Dieu !... Elle être
charmante !

LA CONCIERGE. — C'est, épouvantable ! Elle
est à moitié périe... (Criant.) Madame de
Saint-Aluminium ! revenez à vous... Ah ! je
l'avais bien deviné. Figurez-vous, monsieur,
un ange que son gueux de mari a abandonnée
en lui laissant un appartement de trois mille

francs sur les bras, et en lui emportant sa dot.

L'ÉTRANGER. — Pauvre mistress. (A part.) Elle avait des cheveux admirables et un petit nez, et...

MADEMOISELLE ANITA (d'une voix défaillante). — La fenêtre... La fenêtre... De l'air !

L'ÉTRANGER. — Oh ! yes. (Il casse un carreau.)

LA CONCIERGE (bas à Anita). — Vous voyez que je l'avais bien jugé ; c'est un homme qui ne regarde pas à la dépense.

MADEMOISELLE ANITA (entr'ouvrant un œil). — Ah ! pourquoi m'empêche-t-on de mourir ! (Bas à la concierge.) Faites semblant d'aller chercher un médecin, et laissez-moi seule avec lui.

LA CONCIERGE (criant). — Du secours, mon Dieu ! du secours !... Un docteur !... Monsieur, gardez-la un moment pendant que je cours...

L'ÉTRANGER. — Oh! yes... je la garderai même toujours, si elle voulait bien.

LA CONCIERGE (à part). — C'est-à-dire qu'il danse plus vite que les violons. (Elle sort.)

MADEMOISELLE ANITA. — Ah! j'ai bien mal!... (Elle regarde l'étranger.) Mon mari!... Non, il ne reviendra jamais, lui.

L'ÉTRANGER. — Tant mieux! Il fallait le laisser où il était, le vilain homme.

MADEMOISELLE ANITA. — Je veux mourir...

L'ÉTRANGER. — Mourir?... à l'âge de vous?... (D'une voix tendre.) Quand il se trouverait tant de personnes qui seraient heureuses de faire vivre vous !...

MADEMOISELLE ANITA. — Je ne vous connais pas, monsieur... Qui êtes-vous, que faites-vous ici? (Elle se soulève.)

L'ÉTRANGER (à part). — Oh! ce peignoir!... il laissait entrevoir des choses!... Madame, je vous en prie...

MADEMOISELLE ANITA. — Monsieur.... un peu d'eau !

L'ÉTRANGER. — Oh ! yes !... Voici.

MADEMOISELLE ANITA. — Je n'ai pas la force. (Elle se laisse tomber sur son épaule.)

L'ÉTRANGER (à part). — Oh ! quelle aventure, je me sentais tout hors de moi.

MADEMOISELLE ANITA. — Voulez-vous m'aider à porter ce verre à mes lèvres.

L'ÉTRANGER. — A vos lèvres ! Oh tout ce que vous voudrez.

MADEMOISELLE ANITA. — Je crois que je vais me retrouver mal. (Elle lui passe le bras autour du cou.)

L'ÉTRANGER. — Madame... Mistress... (A part.) Quelles épaules... (Haut.) Madame, appuyez-vous sur le cœur loyal d'un homme qui bat pour vous quoiqu'il vous connaisse depuis un bien petit temps... Je savais votre situation.

MADEMOISELLE ANITA. — Monsieur, je ne

permets à personne... Qui a pu vous révéler ?...

L'ÉTRANGER. — Peu importe... Je suis libre, madame, de ma fortune et de ma personne, libre comme la libre Angleterre elle-même.

MADEMOISELLE ANITA. — Merci, monsieur, mais je ne saurais vivre sans ma propre estime, et vous seriez le premier à me mépriser si j'acceptais jamais...

L'ÉTRANGER. — Pas même d'un ami ?

MADEMOISELLE ANITA. — Une amitié qui serait trop dangereuse.

L'ÉTRANGER (flatté). — Madame, désormais je...

MADEMOISELLE ANITA (comme se parlant à elle-même). — Il y a donc encore de nobles cœurs sur terre ! Tous les hommes ne ressemblent pas à mon indigne époux !

L'ÉTRANGER. — Non, moi, pas du tout lui ressembler, madame... Moi aux pieds de vous.

LA CONCIERGE (revenant). — Pas de médecin !

MADEMOISELLE ANITA. — Inutile, ma bonne madame Branchu, je me sens mieux, reconduisez monsieur.

L'ÉTRANGER. — Oh ! vous permettrez à moi de revenir.

MADEMOISELLE ANITA. — Oui, une fois prendre de mes nouvelles. (Elle lui tend la main.)

L'ÉTRANGER. — Oh ! ange ! oh ! (Il sort en saluant profondément.)

MADEMOISELLE ANITA. — Pincé ! Et voilà comme quoi, madame Branchu, on peut faire de la braise avec du charbon.

LA CONCIERGE. — Alors je vais retirer l'écriteau.

MADEMOISELLE ANITA. — Pas tout de suite. D'ailleurs, vous le garderez pour un autre... vous savez, parce que je ne crois pas que celui-ci soit un homme qui, avec moi, en ait pour plus de six mois dans le porte-monnaie.

5.

MADAME HERCULE

L'intérieur d'une baraque de saltimbanque.

Barres de fer, poids, haltères et autres accessoires de force.

Dans un coin un canon jeté par terre.

Madame Hercule, comme l'indique un tableau qu'à cause de la pluie on a rentré à l'intérieur, invite les hommes les plus forts à venir se mesurer avec *celle à qui les Académies ont décerné leurs palmes, et qui a été unanimement surnommée le COLOSSE DE GRACE.*

Madame Hercule est en train de répéter.

C'est une brune d'une trentaine d'années, aux biceps athlétiques, aux épaules formidables.

Près d'elle un petit homme rabougri, fine fleur du *voyoutisme* parisien.

Le petit homme, dont la casquette graisseuse laisse apercevoir deux accroche-cœur séducteurs, fume un londrès en prenant sa demi-tasse après son déjeuner, dont on voit les reliefs sur le tambour de l'administration.

Il s'est machinalement étendu sur un des tapis qui servent aux tours de madame Hercule.

MADAME HERCULE (soulevant vingt kilos à bras tendu). — Ugène, tu vas encore te faire mal en dormant après avoir mangé.

UGÈNE. — Qu'ça te regarde ?

MADAME HERCULE. — Ce que je t'en dis, c'est pour ton bien...

UGÈNE. — T'occupe pas de moi... Travaille.

MADAME HERCULE. — Il me semble que c'est ce que j'fais. (Elle jongle avec le poids.)

UGÈNE. — Combien qu'tas cueilli de recette hier?

MADAME HERCULE. — Cent treize francs.

UGÈNE. — C'est pas beaucoup.

MADAME HERCULE. — En trois séances?

UGÈNE. — Trois séances seulement... Madame a eu peur de se lézarder le tempérament?

MADAME HERCULE. — Il pleuvait.

UGÈNE. — Pas des raisons.

MADAME HERCULE. — Et puis, quand t'es pas là, je n'ai pas de cœur à l'ouvrage.

UGÈNE. — Des *prétexes!*

MADAME HERCULE. — Oùs que tu as été pendant toute la journée?...

UGÈNE. — Où que ça m'a convenu peut-être.

MADAME HERCULE (avec colère). — Du côté de la fête à Ménilmontant, sans doute.

UGÈNE. — Et quante même !

MADAME HERCULE (qui tient une barre de fer). — Ah ! si je n'étais pas si faible !...

UGÈNE. — Encore des scènes ?

MADAME HERCULE. — Jure-moi que tu n'as pas été voir ta teneuse de tourniquet.

UGÈNE. — Je jure pas... J'ai pas de mauvaises habitudes.

MADAME HERCULE. — Je te conseille de plaisanter.

UGÈNE. — Je suis sérieux... Où que tu as mis la caisse ?

MADAME HERCULE. — Tu ne l'auras pas, puisque c'est ainsi.

UGÈNE. — Plaît-il ?

MADAME HERCULE. — Non, tu ne l'auras pas.

UGÈNE (se levant). — C'est ce qu'on va voir.

MADAME HERCULE. — Oui... va, tu peux chercher... j'ai caché l'argent. (Elle prend un tonneau entre ses dents et le soulève.)

UGÈNE. — Une fois... deux fois... (Il s'avance vers elle.)

MADAME HERCULE (laissant tomber le tonneau). — Ugène, écoute... Tu me fais du chagrin... Tu sais que je n'aime que toi au monde.

UGÈNE. — Pas ma faute !

MADAME HERCULE. — Il y en a des douzaines qui me font la cour... Hier encore, Baptiste, celui qui montre la géante, il m'offrait de m'épouser.

UGÈNE. — Tu vas te taire !

MADAME HERCULE. — A Rambouillet, si j'avais voulu... le dompteur, qui a six lions, s'associait avec moi.

UGÈNE. — Tu vas te taire, que je te répète !

MADAME HERCULE. — J'ai été assez bête pour tout refuser... Pour qui ? Pour un être que je casserais en deux d'une seule main. (Elle fait pirouetter en l'air un haltère de soixante livres.)

UGÈNE. — Pas moi qui te force à m'aimer!

MADAME HERCULE. — Tiens, aide-moi plutôt à me mettre la voiture sur le dos...

UGÈNE. — Si ça me plait !

MADAME HERCULE. — Ugène... prends garde!... On ne joue pas comme ça avec le cœur d'une femme.

UGÈNE. — Pas envie non plus... J'aime mieux le bézigue.

MADAME HERCULE. — Voyons... moi...

UGÈNE. — Malheur !

MADAME HERCULE. — V'là les cent treize francs d'hier.

UGÈNE (comptant). — Manque douze francs.

MADAME HERCULE. — C'est vrai. Je ne pensais plus qu'il m'avait fallu un maillot neuf.

UGÈNE. — Toujours, donc?...

MADAME HERCULE. — C'est de jongler avec les boulets... Y a rien qui use comme ça.

UGÈNE. — On fait des reprises.

MADAME HERCULE. — Tu crois qu'on peut

manier l'aiguille en même temps que les kilos?

UGÈNE. — Quand on n'a pas le cœur de travailler, on trouve des raisons.

MADAME HERCULE. — Pas le cœur!... Eh ben, et toi?... Qu'est-ce que tu fais de tes dix doigts du matin au soir?

UGÈNE. — Des reproches?

MADAME HERCULE. — C'est bon pour ta *tourniqueuse* de ravauder les chaussettes.

UGÈNE. — J'te défends d'en mal parler.

MADAME HERCULE. — Oh!...

(Elle se place sous la voiture dans laquelle sont entassés des moellons, et la secoue avec fureur sur son dos.)

UGÈNE. — J'm'en vas.

MADAME HERCULE. — J'te l'défends!

UGÈNE. — Raison de plus.

MADAME HERCULE. — Où ça?

UGÈNE. — Où qu'il me plaît.

MADAME HERCULE. — La voir, n'est-ce pas?

UGÈNE. — Peut-être bien!...

MADAME HERCULE. — Mais qu'est-ce que tu lui trouves à ta créature?... C'est maigre, c'est pâle... Ça ne serait pas seulement capable de lever dix livres.

UGÈNE. — Ça serait dommage, s'il n'y avait dans le monde que des femmes qui vous aiment à bras tendus.

MADAME HERCULE. — Ugène, ça finira mal...

UGÈNE. — Hein !... (Il fait un pas.)

MADAME HERCULE. — Prends le canon, que je répète mon dernier exercice.

UGÈNE. — Quand on est si maligne, on le prend toute seule.

MADAME HERCULE. — Bien, oui! (D'un effort terrible, elle se met le canon sur l'épaule.)

UGÈNE. — Tu te feras éclater quelque chose !

MADAME HERCULE. — Le ciel t'entende !... Plutôt mourir que de mener une vie pareille... Mais non, tu serais trop content... avec ta' propre à rien !

UGÈNE (bondissant). — Propre à rien? J't'ai défendu!

MADAME HERCULE. — Ça m'est égal, faut que je me soulage... Oui, c'est une propre à rien... une coquine... une...

UGÈNE (levant la main). — Si tu ajoutes un mot...

MADAME HERCULE (toujours le canon sur l'épaule). — Oui, j'ajouterai... une fille perdue!

UGÈNE. — Tiens! (Il lui allonge un soufflet.)

MADAME HERCULE. — Oh!... (Elle jette le canon à dix pas.)

UGÈNE. — Adieu!

MADAME HERCULE. — Non... reste. (Elle le retient.) Je t'aime tout de même!

UGÈNE. — J'en ai assez.

MADAME HERCULE. — Moi pas!... (Elle lui saute au cou.)

UGÈNE. — Alors tu ne me feras plus de scènes ?

MADAME HERCULE. — Non.

UGÈNE. — Et tu donneras demain cinq séances !

MADAME HERCULE. — Cinq ! c'est tuant !

UGÈNE. — Cinq quante même.

MADAME HERCULE. — Eh ben oui... Mais embrasse-moi !

UGÈNE. — On y va !...

MADAME HERCULE (le tenant tendrement par le cou). — Faut-il que tu sois gredin tout de même pour abuser ainsi de ma force ! ! !

MAME LÉONARD

Rue Bergère.

Deux vénérables dames se rencontrent aux abords du Conservatoire.

— Tiens, mame Léonard !

— Bonjour, chère madame Brunet !

—Vous allez bien ?

— Bien n'est pas le mot.

— En effet, vous avez l'air tout chose...

— On l'aurait à moins, allez... Ah ! oui, on l'aurait à moins... (Un soupir.)

— Et serait-il indiscret de vous demander ?...

— Pour tout autre peut-être bien que oui,
mais pour vous... ma vieille amie... Et puis
vous me comprendrez, vous avez eu une
fille.

— Ma pauvre Léonie !...Un sujet comme il
n'y en a pas souvent ! Si je n'avais pas eu le
malheur de la perdre dans sa fleur, elle
vous aurait aujourd'hui voiture et tout le
reste.

— Ça c'est vrai, vous avez été privilégiée,
on peut le dire. Ce n'est pas comme moi!...(Un
soupir.)

— Est-ce que votre filleule vous ferait des
misères ?

— Ne m'en parlez pas, ma pauvre madame
Brunet... Il y en a qui n'ont pas de chance...
O l'ingratitude! voyez-vous, je ne connais
rien de révoltant comme...

— Et vous avez raison...

— Enfin, vous savez si je me suis sai-
gnée aux quatre membres pour cette pe-
tite-là. Elle était seule au monde, je la re-
cueillis.

— Je l'ai bien vu, parbleu. Et même que
je vous trouvais un peu bêtasse, dans votre position, de vous mettre sur les bras
une fille qui, après tout, ne vous regardait pas.

— Que voulez-vous, quand on est né pour
faire le bien, c'est plus fort que soi... Je n'avais
pas d'enfant à moi, il m'a semblé que celui-là
m'était destiné.

— Des duperies !

— Et puis, je m'étais dit comme ça : Voilà
une petite qui promet d'être mignonne tout
plein. Je l'élèverai avec sollicitude; je lui ferai comprendre que la vie c'est la vie, et qu'il
faut penser au sérieux. En lui inculquant ces
bons principes-là, je lui préparerai un avenir.
Pour peu qu'elle veuille bien tourner, je veux

qu'à vingt ans elle ait trois domestiques, un appartement au premier, et des diamants aux oreilles.

— Une mère n'aurait pas mieux raisonné.

— N'est-ce pas vrai, ma bonne madame Brunet? Car, enfin, j'aurais pu en faire une ouvrière quelconque ou la laisser tirer le cordon comme moi.

— Vous l'auriez pu.

— Au lieu de cela, je lui ai donné de l'éducation, parce que je comprends le monde. Je sens bien qu'il n'est pas agréable pour un monsieur de la bonne société d'avoir une inclination qui ne sait pas l'orthographe.

— A qui le dites-vous?... C'est ça qui dans mon temps a nui à mon avancement.

— Ce n'est pas tout. J'ai voulu qu'elle ait un art, parce que, n'est-ce pas, un art, c'est l'embellissement de l'existence, surtout si on est épousé d'un monsieur d'un certain âge;

on ne roucoule pas du matin au soir le parfait
amour, alors le soir, quand il s'ennuie, après
le dîner, on se met au piano et on lui joue
quelque chose... ça vous l'enchaîne!...

— Elle est même très-forte votre filleule, à
ce que je me suis laissé conter...

— Peuh! elle est au Conservatoire depuis
cinq ans. A preuve que je viens encore de l'y
conduire... Je laisse tout pour elle. J'ai deux
ménages à faire dans ma maison. Je n'ai pas
le temps, elle m'absorbe.

— Et malgré tout, elle ne vous est pas re-
connaissante!

— Moins que cela, elle fera mon désespoir.
Voyez-vous, quand une fille a envie de mal
tourner il n'y a pas moyen. Croiriez-vous
qu'elle s'est mis en tête de se marier avec
un ébéniste qui demeure au cinquième, chez
nous?

— Pas possible!

— C'est désolant... Du vice tout pur!

6

—Vous ne laisserez pas faire, j'aime à supposer?

— Un ébéniste!... Si je peux me mettre dans la tête où elle a pris des goûts pareils!... moi qui, en prévision de son avenir, n'ai jamais accepté des portes que dans des quartiers comme il faut, pour l'habituer au contact du beau monde et lui donner le goût du luxe... et elle épouserait un ouvrier!...

— Une abomination !

—Comme je lui disais encore ce matin : Ne pense pas à moi, si tu veux. Je suis la femme du sacrifice. Quand je ne pourrai plus travailler, si t'avais eu un bon cœur, tu aurais pu me procurer les petites douceurs de la vieillesse. Ah! je n'aurais pas été exigeante, va, je t'aurais pas demandé des mille et des cents, pourvu seulement que tu m'aies fait douze cents francs de rente avec le sucre et le café. Mais laisse-moi de côté, piétine-moi, ça m'est égal. Seulement, ce qui m'insupporte, c'est de penser qu'après tous les efforts ue j'ai faits pour te mettre dans la voie, tu t'en veux aller crever la misère avec ton gratteur de commodes.

— C'est le langage du cœur que vous lui parliez là.

— Elle n'en a pas… non, madame, elle n'en a pas; elle me répond qu'elle l'aime.

— Mais c'est du cynisme!

— Comme vous dites, c'en est… Mais, malheureuse, lui ai-je ajouté, tu as pourtant des exemples sous les yeux pour t'empêcher de faire des folies. Tu as le mien! Où que j'en suis au lieu de m'être amassé des revenus, comme j'aurais pu le faire, n'étant pas plus déchirée qu'une autre? C'est que je m'ai mariée avec un portier.

— Ah! nous avons été bien bêtes, ma pauvre mame Léonard.

— Je ne sais pas ce que je lui ferais quand elle m'obstine sur ces questions de devoir.

Comme je lui répète tous les jours : Assure
d'abord ta position : t'aimeras plus tard si tu
veux, quand tu en auras le moyen.

— La sagesse même.

— Elle me réplique qu'elle veut rester
honnête... Elle appelle ça de l'honnêteté de
réduire sa bienfaitrice au point où elle me
réduira..., que je n'aurai seulement pas sur
mes vieux jours de quoi acheter mon tabac.

— Voilà la jeunesse d'aujourd'hui !

— Pas toute, heureusement pour les famil-
les. J'ai au contraire deux ou trois amies dont
les filles ont toutes bien réussi... Y en a une
qui est avec un agent de change. Oui, madame, un agent de change !... une autre qui
est avec un chef de division, un homme marié qui ne la tourmente guère ; c'est à peine
s'il est libre une fois tous les quinze jours...
Voilà ce que j'appelle des positions qui réu-
nissent la considération à l'agrément... Quand
je pense... Non, rien.

—Soulagez-vous; vous savez bien que vous pouvez avoir confiance en moi.

—Quand je pense que monsieur le propriétaire en personne a remarqué Eugénie... Oui, madame Brunet... un homme qui a onze immeubles sur le pavé de Paris! Et mûr! Et tranquille! Cinquante-neuf ans... des rhumatismes qui l'emmènent aux eaux tous les ans pendant trois mois. Trouvez-moi beaucoup de situations où l'on ait de ces vacances-là?

— Mon Dieu, mon Dieu, mon Dieu! (Elle lui prend les mains.) Ah! je comprends ce que vous devez souffrir.

— Je me ronge...

— Enfin, il ne faut pas jeter le manche après la poignée, elle reviendra peut-être à de meilleurs sentiments.

— Mais j'en désespère, parce que quand on est vicieux, voyez-vous, on est vicieux. Adieu, madame Brunet, faut que je rentre,

0.

mon mari ne saurait pas ce que je suis de-
venue.

— Et qu'est-ce qu'il en dit, lui, de tout
cela ?

— Il me révolte, il est dans son camp. C'est
pas assez qu'il ait gaspillé ma vie, il veut gas-
piller celle d'Eugénie.

— Je ne l'aurais jamais cru capable de se
conduire comme cela.

— C'est pas corruption chez lui, c'est bêtise.

— Prenez garde, un peu plus cette voiture
vous écrasait. Il n'y a rien de dangereux
comme le bord des trottoirs.

— Ces gens riches, ça ne... Mais je la reconnais celle qui se pavane dans ce coupé.
Vous la voyez, madame Brunet, eh bien, c'est
la nièce d'une de mes collègues, la concierge
du 21. Elle va à ses leçons en équipage. Je ne
comprends pas, quand Eugénie voit de ces
contrastes-là, comment cela ne la fait pas
mourir de honte d'agir comme elle agit avec

moi... Adieu, madame Brunet, je suffoque.

— Adieu, ma pauvre mame Léonard !

— Oh ! oui, pauvre... (avec amertume).
Et le proverbe dit qu'un bienfait n'est jamais
perdu !!

DUO

Intérieur élégant. — Madame la baronne de B... sonne avec vivacité. — Un valet de chambre paraît.

MADAME LA BARONNE. — Dites à Julie de venir me parler.

LE VALET. — Oui, madame la baronne. (A part.) Elle a l'air de rager... Une explication... C'est moi qui vais m'offrir cette représentation par le trou de la serrure. (Il sort.)

MADAME LA BARONNE. — Cette fille ne saurait... (Entrée de mademoiselle Julie, le type de la femme de chambre délurée et bien contemporaine, une soubrette de Marivaux revue et corrigée par Gavroche.)

MADAME LA BARONNE. — Ah ! c'est vous, mademoiselle ?

JULIE. — Madame m'a fait demander ?

MADAME LA BARONNE. — Oui, mademoiselle.

JULIE. — Madame la baronne a besoin de mes services ?

MADAME LA BARONNE. — Au contraire.

JULIE. — Je ne comprends pas.

MADAME LA BARONNE. — Je vais tâcher de vous faire comprendre, quoiqu'il me répugne profondément d'entrer dans certains détails qui...

JULIE. — Ah ! (Elle relève le regard comme pour se préparer à la lutte.)

MADAME LA BARONNE. — J'ai appris sur votre compte...

JULIE. — Madame a appris... (Elle fouille nonchalamment dans sa poche.)

MADAME LA BARONNE. — Bref, vous ne

pouvez rester à mon service. Votre place n'est pas dans une maison comme la mienne.

JULIE. — C'est ce que je m'étais déjà dit, madame.

MADAME LA BARONNE. — Plait-il?

JULIE. — J'écoute ce que madame la baronne peut avoir à me dire, je ne me permettrais pas de prendre la liberté de parler avant elle.

MADAME LA BARONNE. — Eh bien! j'ai à vous dire que je sais tout.

JULIE. — Je me garderais bien d'avoir la prétention d'en affirmer autant.

MADAME LA BARONNE. — Je sais que vous avez encore découché cette nuit.

JULIE. — On n'a pas, étant tenue par son service, la faculté de faire... comme d'autres... ses affaires dans la journée.

MADAME LA BARONNE. — Que signifie?...

JULIE. — Madame la baronne, si j'ai bien compris, me donne mes huit jours.

MADAME LA BARONNE. — Vous partirez sur l'heure... Un pareil scandale ici...

JULIE. — Ferait double emploi.

MADAME LA BARONNE. — Insolente !

JULIE. — Je n'ai pas dit un mot qui s'appliquât directement à madame. S'il lui a plu de prendre l'allusion pour elle, c'est que probablement...

MADAME LA BARONNE (se levant). — Enfin, où voulez-vous en venir?

JULIE. — Moi, madame... Je ne veux rien .. C'est madame qui me fait demander pour m'annoncer qu'elle me renvoie. Comme je suis trop délicate pour rien emporter de ce qui ne m'appartient pas, je m'empresserai de remettre à madame deux ou trois lettres...

MADAME LA BARONNE. — Des lettres?...

JULIE. — Dans le genre de celle-ci. (Elle montre un billet sur papier gris armorié.)

MADAME LA BARONNE.—Ce...(faisant un effort) je ne connais ni ce papier, ni...

JULIE. — Je n'ai pas dit que madame la baronne dût le connaître... J'ai trouvé, par hasard, dans un panier à ouvrage, ces billets qûi y avaient été oubliés.

MADAME LA BARONNE (vivement). — Ce n est pas vrai, vous avez dû ouvrir un coffret dont...

JULIE. — Dont la clef n'avait pas été retirée!... Je vois que madame sait mieux que moi l'histoire de cette trouvaille.

MADAME LA BARONNE.—Ces billets ne sont pas signés.

JULIE. — Aussi a-t-il fallu quelque effort pour en retrouver l'origine. Mais monsieur le comte...

MADAME LA BARONNE. — Qui vous a dit?

JULIE. — Ce n'est pas lui, certainement. Quand il me parlait en venant ici, c'était... de tout autre chose.

7

MADAME LA BARONNE. — Finissons!

JULIE. — Volontiers... Je vais monter faire mes paquets.

MADAME LA BARONNE. — Non. Restez.

JULIE. — Je croyais que madame ne voulait pas tolérer plus longtemps...

MADAME LA BARONNE. — Quelle somme exigez-vous pour...

JULIE. — Une somme?... Ah!... fi!... Ou je volerais madame, ou je me volerais. Je volerais madame si, après avoir reçu une indemnité pour m'exproprier de mes petits secrets, je recommençais à vouloir les exploiter. Je me volerais moi-même, si je m'engageais à n'en jamais parler... La maison de madame me convient...

MADAME LA BARONNE. — C'est heureux!

JULIE. — Dame!... Si j'avais une fille, ce n'est pas ici que je la caserais.

MADAME LA BARONNE. — Tant d'impertinence...

JULIE. — Madame la baronne ne veut pas se pénétrer de la situation... Je ne suis qu'une pauvre fille, c'est vrai... mais il y a pour les femmes une espèce d'égalité particulière... l'égalité devant l'amour... A l'heure qu'il est, elle est établie entre nous.

MADAME LA BARONNE. — Vous...

JULIE. — Je me crois trop intelligente pour en abuser. Tuer la poule aux œufs d'or, jamais... La dorloter plutôt... Moi, d'abord, j'ai toujours été pleine d'égards pour madame.

MADAME LA BARONNE. — De quels égards !

JULIE. — J'aurais pu ouvrir les hostilités la première. Dès la seconde semaine, le mari de madame m'avait pris la taille.

MADAME LA BARONNE. — Mon mari !...

JULIE. — Je n'en ai pas abusé.., au contraire... Je pousse la délicatesse jusqu'à prendre un amoureux au-dessous... histoire de rassurer madame... Pas du tout !... on ne m'en sait aucun gré.

MADAME LA BARONNE. — Il ne s'agit pas...

JULIE. — Madame veut dire qu'il ne s'agit plus... C'est M. le comte qui est en cause... Madame peut être tranquille... Je ne broncherai pas... Seulement...

MADAME LA BARONNE. — Seulement?...

JULIE. — Il y aura quelques petites conditions... J'aurai la permission de sortir trois fois par semaine...

MADAME LA BARONNE. — Mais...

JULIE. — Oh ! pas les mêmes jours que madame.

MADAME LA BARONNE. — Vous...

JULIE. — Au contraire. Quand madame aura besoin de s'absenter, je serai toujours là pour répondre au mari de madame, s'il s'informait pourquoi...

MADAME LA BARONNE. — Vous me promettez...

JULIE. — Pas sur mon honneur, ça ne signifierait rien. Sur mon intérêt... Si je laissais éventer la mèche, madame n'aurait plus à me ménager et je perdrais une situation... exceptionnelle.

MADAME LA BARONNE. — Vous ne devez pas en être à votre coup d'essai pour avoir ce sang-froid.

JULIE. — Ce n'est pas ma faute, madame; c'est celle de mes maitresses.

MADAME LA BARONNE. — Je veux oublier tout.

JULIE. — Mieux vaut tard...

MADAME LA BARONNE. — Je double vos gages.

JULIE. — Non, madame les triple.

MADAME LA BARONNE. — Ah!

JULIE. — J'assure à madame que je ne la surfais pas. C'est le prix.

MADAME LA BARONNE. — Soit.

JULIE. — Madame sort-elle aujourd'hui?

MADAME LA BARONNE. — J'ai quelques courses...

JULIE. — Madame sort... Je vais écrire qu'on ne m'attende pas. Ce sera pour demain. (Elle salue.)

LE VALET DE CHAMBRE (la happant au passage). — Mamzelle Julie, c'est superbe! Des talents comme le vôtre honorent notre profession. Pas plus tard que demain je vais en faire autant à monsieur!

Mlle EVA, ARTISTE DRAMATIQUE

Le cabinet du secrétaire général au théâtre des Folies-Plastiques.

M. le secrétaire général contemple avec amour une pipe en écume de mer, à la base de laquelle commence à apparaître une auréole rosâtre.

— Je crois que celle-là je la culotterai sans retouches. Bonne affaire, mon marchand m'en donnera bien une quinzaine de francs...

Il faut bien se créer de petits profits ; car si je n'avais que ce que me rapporte l'administration... Je crois bien que le directeur ne tardera pas à mettre la clef sous le paillasson... Je me trompe, il laissera la clef, mais il aura vendu le paillasson auparavant.

Nous avons fait hier soir treize francs quatre-vingt. Il nous faudrait... (On frappe à la porte.)

— Entrez.

(Une avalanche de soieries, de plumes et de dentelles, se précipite dans le cabinet sous la forme d'une jeune et jolie fille à l'air déluré jusqu'au cynisme. La jeune et jolie fille se campe un pince-nez devant les yeux et, d'un ton qui répond parfaitement à ses allures):

— Matin! il est roide, votre escalier, et d'un étroit!... Sans compter que si je n'avais pas rencontré le pompier de service, je n'aurais pas trouvé figure humaine.

LE SECRÉTAIRE. — Madame vient pour la location.

— De quoi !... de la location ?... J'ai l'air si jeune que ça ?... Mais, mon petit, quand je suis descendue de voiture, ils se sont précipités sur moi au moins trente-deux du cabaret d'en face pour m'offrir des billets moins chers qu'au bureau !... Et vous voudriez...

LE SECRÉTAIRE. — Pardon, madame, je...

— J'accepte vos excuses. Maintenant parlons sérieusement. On ne peut donc pas lui mettre la main dessus à votre directeur ? Je suis venue trois fois... Est-ce qu'il me prendrait pour un de ses créanciers, déguisé en femme ?

LE SECRÉTAIRE. — C'est moi qui le remplace.

— Vous n'en avez pas l'air. Enfin... (Regardant autour d'elle.) C'est presque aussi laid ici que la mansarde qui m'a vue naître. Si vous m'offriez une chaise ?

7.

LE SECRÉTAIRE. — Comment donc?

— Merci... Laissez la porte ouverte, la traîne de ma robe ne tiendrait pas ici. Je serais obligée de vous la mettre sur les genoux, ce qui ne serait pas convenable. Pour lors c'est avec vous qu'on peut causer d'engagement?

LE SECRÉTAIRE. — Ah! c'est pour un engagement?

— Vous n'avez peut-être pas cru que je venais comme bailleuse de fonds pour vous commanditer?

LE SECRÉTAIRE. — Ça ne serait pourtant pas de refus.

— Je vous apporte peut-être l'équivalent.

LE SECRÉTAIRE. — Ah!

— En deux mots voici la chose. Mon monsieur veut que j'entre au théâtre. Ils ont des idées comme ça, nos messieurs; ils trouvent que nous n'avons pas assez d'occasion de les

tromper, et ils amorcent exprès pour faire venir les soupirants.

LE SECRÉTAIRE. — Qui ne mordrait pas à
cette amorce-là ?

— Ah ! non, pas de galanterie avec
moi. Vous perdriez votre temps et le mien. Je
suis dans les affaires ; l'amour, c'est un do-
mino auquel je boude toujours.

LE SECRÉTAIRE (déguisant une grimace).—
Parlons affaire, soit. Vous avez déjà joué?

— Oui... Au piquet, toute la journée... j'a-
dore cela.

LE SECRÉTAIRE. — Vous n'avez jamais ap-
partenu à aucun théâtre?

—C'te bêtise !... Est-ce que je viendrais alors
vous proposer d'exhiber des toilettes de dix
mille francs dans votre boite à hannetons?

LE SECRÉTAIRE. — Nous ne pouvons pourtant pas engager une actrice qui...

—Ça dépend. Si je mets trois cents francs
par mois?

LE SECRÉTAIRE. — Comment, trois cents francs?

— Dame, c'est tout naturel. A la fête de Saint-Cloud, on paye deux sous pour taper sur la tête de Turc à essayer ses forces. J'ai besoin d'essayer les miennes. Je vous offre trois cents francs par mois pour prendre votre public comme tête de Turc.

LE SECRÉTAIRE. — J'en parlerai à M. le directeur.

— Ah! vous savez, j'aime les choses qui ne traînent pas en longueur. N'ayez pas l'air d'avoir besoin de consulter l'Assemblée nationale pour accepter.

LE SECRÉTAIRE. — Mais, enfin, vous ne savez pas seulement vous tenir en scène.

— Vous ne diriez pas ça si vous m'aviez vue sous le maillot au bal masqué de l'Opéra-Comique. Quant on y va mollet comptant, il n'y a pas à être intimidée.

LE SECRÉTAIRE. — Chantez-vous?

— Pas plus faux que vos autres pension
naires, sans les connaître.

LE SECRÉTAIRE. — Vous dansez?

— Je fais l'exercice du chassepot avec ma
jambe.

LE SECRÉTAIRE. — Si nous répétions tout
de suite?

— Voyons, Ernest... Vous devez vous appeler Ernest... Il ne faut pas demander les épin-
gles avant d'avoir signé le traité.

LE SECRÉTAIRE. — Vous avez de la mémoire?

— Voulez-vous que je vous récite la liste de
tous ceux qui m'ont aimée?

LE SECRÉTAIRE. — Non, pardon, je suis un
peu pressé.

— Monsieur fait des mots... ça me distraira.
Je vous ferai monter de temps en temps dans ma
loge pour griller une cigarette avec moi, quand
je m'ennuierai. C'est convenu, n'est-ce pas,
trois cents francs ; le premier mois d'avance.

LE SECRÉTAIRE. — Il faudrait cependant que le directeur...

— Voyons, Ernest, ne me prenez pas pour une autre, mon ami. J'arrive ici comme une dinde truffée sur le radeau de la *Méduse*.

LE SECRÉTAIRE. — Oh! une dinde.

— La truffe réhabilite tout!... Je sais qu'on ne paye plus les artistes depuis six semaines et qu'on a mangé le cautionnement des ouvreuses de loges.

LE SECRÉTAIRE. — Chut!

— Trois cents francs par mois, Ernest, sans compter les amendes. J'y suis résignée d'avance. Ça fera bien cent francs de plus. Sans compter aussi le chic que ça va donner à l'établissement. Quand ma voiture stationnera à la porte, on croira que c'est le comte de Chambord qui vient retenir l'avant-scène. Et tous ces messieurs des clubs donc, qui seront là pour me chauffer! Il n'en man-

quera pas un de ceux qui se sont intéressés
à moi.

LE SECRÉTAIRE. — Il serait peut-être pru-
dent d'agrandir la salle.

— Mais, positivement il a des mots, ce ga-
min-là. Pourquoi que vous ne les mettez pas
dans les pièces d'ici?

LE SECRÉTAIRE. — Il ne faut pas gâter le
public.

— Dans quoi est-ce que je débuterai?

LE SECRÉTAIRE. — Nous montons une revue.
Voulez-vous jouer la *Cantharide?*

— Je ne fais que ça depuis que j'ai l'âge
de raison... Je n'aurai pas besoin de répéter.

LE SECRÉTAIRE. — Si, une fois avec moi.

— Ah! çà, est-ce que vous me prenez pour
un bureau de bienfaisance, à la fin?

LE SECRÉTAIRE. — Non, plutôt pour une
caisse des actionnaires.

— Décidément, il n'est pas bête... Il est

vrai qu'il n'est pas beau non plus... Enfin, on verra... Si vous êtes bien sage, on vous invitera un jour, pas à dîner, à goûter seulement.

LE SECRÉTAIRE. — D'ici là j'étudierai le menu.

— Assez de marivaudage. Quand est-ce que j'entre ?

LE SECRÉTAIRE. — Si vous voulez répéter lundi ?

— Ah ! tous les soirs ! vous garderez une baignoire pour mon baron. Il est timide comme la violette. Il ne veut pas qu'on le voie quand il m'enverra des baisers.

LE SECRÉTAIRE. — C'est convenu.

— Et ma loge à moi ?

LE SECRÉTAIRE. — On vous donnera la meilleure.

— Ça ne doit pas être suffisant, mais enfin... Il me faudra aussi une petite pièce voisine où se tiendra maman.

LE SECRÉTAIRE. — Madame votre mère...

—C'est elle qui m'habillera. Elle tient à me faire valoir elle-même. Seulement, avant et après, je ne me soucie pas de l'avoir sur mon dos. Elle prise trop et sent toujours l'ail.

LE SECRÉTAIRE. — On lui aura sa niche.

— Dites donc, vous, si vous ne jongliez pas avec mes sentiments de famille!

LE SECRÉTAIRE. — C'est pour rire.

— Et puis, vous savez, ça m'est tout à fait égal.

LE SECRÉTAIRE. — Parbleu!

— Seulement, faudra jamais avoir l'air de me dire un mot de galanterie devant elle. Elle est impitoyable pour les non-valeurs.

LE SECRÉTAIRE. — Merci!

— Au revoir, Ernest. Dire que me voilà collègue de feu Mlle Mars, et que je vais pouvoir mettre sur mes cartes : *Mlle Éva, artiste dramatique.*

LE SECRÉTAIRE. — Qui sait ! vous aurez peut-être du talent un de ces jours !

— Oh ! le jour !... C'est bien invraisemblable !

DE PROFUNDIS

I

Une salle à manger de la rue Maubeuge.

Mademoiselle Finette achève de déjeuner.
Elle en est à son troisième verre de kirsch, et,
les deux jambes allongées sur une seconde
chaise, finit la lecture de la *Vie parisienne*,
tout en envoyant au plafond les bouffées d'une
cigarette.

La porte s'ouvre.

Paraît une petite femme emplumée et maquillée à qui sa taille et ses exploits dans le monde des petits crevés ont valu le surnom de *Boule-de-Gomme.*

BOULE-DE-GOMME. — Bonjour, toi !

FINETTE.— Tiens c'est toi, mon petit lapin !

BOULE-DE-GOMME. — Ah çà, tu ne fais donc qu'un repas par jour, qui commence à midi et qui finit à minuit?

FINETTE. — Je me suis levée très-tard.

BOULE-DE-GOMMÈ. — Moi, je ne puis pas souffrir le lit.

FINETTE. — C'est de l'ingratitude.

BOULE-DE-GOMME. — Et c'est tout ce que tu payes? Tu t'imbibes de liqueurs variées, sans seulement m'offrir un canard.

FINETTE. — Mon chat, tu sais bien que tu peux boire tout, si ça te fait plaisir.

BOULE-DE-GOMME. — Pour de rire... J'ai pris mes quatre absinthes ce matin, je m'en tiens là... Et quoi de nouveau, Finette?

FINETTE. — Je n'ai pas entendu reparler de lui.

BOULE-DE-GOMME. — Depuis quand?

FINETTE. — Depuis lundi.

BOULE DE-GOMME. — Ah! oui, vous deviez avoir une explication. Conte moi donc ça... Je ne sais pas ce qui s'est passé.

FINETTE. — C'est bien simple. J'ai mis dans le mille tout de suite : je lui ai dit qu'il fallait nous séparer.

BOULE-DE-GOMME. — Et il a répondu?

FINETTE. — Il s'est mis à pleurer.

BOULE-DE-GOMME. — Oh! les hommes qui la font à l'humidité, c'est ça que je ne supporte pas!

FINETTE. — Il m'a dit qu'il m'aimait comme un fou.

BOULE-DE-GOMME. — Ça, il l'a prouvé, le pauvre garçon... Trois cent mille francs croqués en quatorze mois!

FINETTE. — Tu vas peut-être le plaindre?...

BOULE-DE-GOMME. — T'es bête ! Si je plains quelqu'un, c'est moi, de ne pas l'avoir rencontré sur ma route... Et ensuite?...

FINETTE. — Ensuite il m'a dit qu'il avait tout sacrifié pour moi, qu'il s'était ruiné, que sa famille ne voulait plus le voir, et cætera.

BOULE-DE-GOMME. — Ils sont tous les mêmes !

FINETTE. — Moi, sans vouloir le brusquer, je lui ai parlé raison. Je lui ai fait comprendre qu'on ne vit pas de l'air du temps. Pas de ma faute s'il a été trop vite.

BOULE-DE-GOMME. — Et il a continué à pleurer?

FINETTE. — Naturellement.... Mon Dieu, mon petit, lui ai-je dit, je garderai de vous un bon souvenir, mais ce n'est pas un motif pour vouloir vous imposer ici... Si au restaurant vous redemandiez un plat quand vous n'avez plus de quoi le payer, comment appelleriez-vous cela?

BOULE-DE-GOMME. — Elle a du pittoresque

ta comparaison. Je la retiendrai pour la placer au besoin.

FINETTE. — Là-dessus il s'est levé comme s'il avait eu un ressort dans les mollets, et a pris son chapeau.

BOULE-DE-GOMME. — Connu, le coup de la dignité...

FINETTE. — Il m'a regardée; m'a tendu la main et d'un ton bizarre : Adieu, je vous jure que vous ne me reverrez plus.

BOULE-DE-GOMME. — Et il y a quatre jours de cela?

FINETTE. — Oui.

BOULE-DE-GOMME. — Et il n'a pas essayé de t'écrire?

FINETTE. — Non.

BOULE-DE-GOMME. — Eh bien, sais-tu?

FINETTE. — Quoi?

BOULE-DE-GOMME. — Je te parie un bitter qu'il s'est suicidé!

FINETTE. — Laisse-moi donc tranquille.

BOULE-DE-GOMME. — Je te parie cinq louis.

FINETTE. — C'est donc sérieux?

BOULE-DE-GOMME. — Du caractère dont je le connaissais et avec ses vingt-deux ans.

FINETTE. — Je n'avais pas pensé à celle-là.

BOULE-DE-GOMME. — Écoute, il fait beau... Si tu veux, nous allons pousser jusqu'à la Morgue.

FINETTE. — Hein?

BOULE-DE-GOMME. — Eh bien, c'est un but de promenade comme un autre.

FINETTE. — Comment? tu veux...

BOULE-DE-GOMME. — Allons, viens donc !

FINETTE. — Le temps de passer une autre robe, on pourrait rencontrer des connaissances.

BOULE-DE-GOMME. — Va vite. (A part.) Elle est si veinarde qu'elle est capable d'avoir encore c'te chance-là. Un homme qui se fait sauter le plafond pour vous ! Mon rêve !

II

FINETTE. — C'est déjà là?

BOULE-DE-GOMME. — Voilà l'entrée.

FINETTE. — C'est drôle, ça me fait quelque chose.

BOULE-DE GOMME. — Est-ce que tu n'as jamais visité l'établissement?

FINETTE. — Pas depuis que j'étais petite-Papa m'y menait le dimanche.

BOULE-DE-GOMME. — Allons, entrons.

FINETTE. — Entre d'abord, tu me prépareras.

BOULE-DE-GOMME. — Des enfantillages !

FINETTE. — Allons-y !

(Elles entrent.)

BOULE-DE-GOMME. — Mâtin! il y a grande réception.

FINETTE. — Cette femme!

BOULE-DE-GOMME. — Une des nôtres, peut-être, car ils sont charmants, les hommes! Sur notre champ de bataille, ils ne comptent

jamais que leurs morts et pas les nôtres.
Moi, j'ai deux amies qui se sont asphyxiées.

FINETTE. — C'est lui!

BOULE-DE-GOMME. — Hein?

FINETTE. — Regarde.... sur la troisième
dalle.

BOULE-DE-GOMME.— Quand je te l'avais dit!
Il avait une tête à ça.

FINETTE. — Il n'est pas beaucoup changé.

BOULE-DE-GOMME. — Parbleu! tu en avais
presque fait un cadavre de son vivant!

FINETTE. — C'est bête, je n'ose pas approcher.

BOULE-DE-GOMME.—Veux-tu que je demande
à un gardien où on l'a trouvé?

UN HABITUÉ. — Mes petites dames, c'est un
pendu: on l'a apporté hier soir sur les quatre
heures vingt. On l'avait décroché au bois de
Boulogne. A vue d'œil il doit avoir dans les
trois jours de date.

FINETTE (bas). — Allons-nous-en.

L'HABITUÉ. — Il paraît qu'on lui a trouvé un papier dans la poche, une lettre adressée à une mam'selle Finette, une cocotte qui l'avait grugé ; c't imbécile-là l'appelait encore *son adorée.*

BOULE-DE-GOMME. — Dites donc, vous, fourrez donc votre nez dans ce qui vous regarde.

L'HABITUÉ. — C'est juste, je crispe l'esprit de corps de ces dames ; pardonnez-moi, je vous avais prises pour des femmes comme il faut.

BOULE-DE-GOMME. — Manant !

L'HABITUÉ. — Au fait, c'est un peu ici l'exposition des produits de votre industrie.

FINETTE. — Allons-nous-en, te dis-je

BOULE-DE-GOMME. — Dans tous les cas, ce n'est jamais à des malotrus de votre sorte qu'on fera l'honneur de les exposer. (Elles sortent.)

FINETTE (se parlant à elle-même).—Il s'est suicidé pour de bon.

BOULE-DE-GOMME. — Et puis ?

FINETTE. — ....

BOULE-DE-GOMME. — Eh bien, à quoi que tu penses ? Cela t'a donné des idées noires !

FINETTE. — Je pense qu'il faut que je voie B..., le petit reporter, pour qu'il en parle dans son journal.

BOULE-DE-GOMME. — A la bonne heure !

FINETTE — Seulement...

BOULE-DE-GOMME. — Quoi ?

FINETTE. — Faut-il que je me fasse nommer ?...

ENDROIT ET ENVERS

Endroit.

M. de Villetaneuse, madame de Villetaneuse.

M. de Villetaneuse a l'air préoccupé.

Madame de Villetaneuse a l'air somnolent.

MONSIEUR (à part). — La pendule marche
avec une rapidité... Je ne serai jamais à mon
rendez-vous. Il faut cependant...

MADAME. — Vous paraissez inquiet, mon
ami?

...

8.

MONSIEUR. — Moi... inquiet!... Je ne crois pas... Au contraire.

MADAME. — Je craignais que ce ne fût encore cette maudite politique.

MONSIEUR (avec élan). — Je me moque, parbleu, bien des affaires de l'État.... J'ai d'autres... (Il s'arrête.) Je veux dire qu'à la longue on se blase sur toutes les perpétuelles redites de l'Assemblée, et que...

MADAME. — Voulez-vous que je vous joue un peu de Chopin?

(Elle se dirige vers le piano.)

MONSIEUR (à part). — Du Chopin... (A part.) Quand elle se met à rêver *si bémol*, il y en a pour une heure.... Trois heures et quart!... (Haut.) Non, merci... C'est très-beau, le Chopin!... mais, à la longue...

MADAME. — Soit!

(Elle se rassied devant la cheminée.)

MONSIEUR (à part). — Sortir n'est pas le difficile; mais c'est pour ne pas revenir dîner que...

MADAME. — Avez-vous lu le dernier numéro de la *Revue des Deux-Mondes ?* Il y a un article très-curieux... Si vous voulez que je vous le lise ?...

MONSIEUR. — Non, non !... La *Revue des Deux-Mondes* m'enrhume. Je ne sais pourquoi, mais... (A part.) Des articles d'un kilomètre... Et trois heures vingt-cinq !...

MADAME. — Hector !... Voulez-vous être bien... bien aimable ?

MONSIEUR. — Moi?... Mais sans doute.

MADAME. — Accordez-moi la faveur de ne pas aller au cercle aujourd'hui.

MONSIEUR. — Ne pas aller... Mais, chère amie... certainement... je ne... Avec grand plaisir !

MADAME. — Nous dînerons en tête-à-tête... ici même... au coin du feu.

MONSIEUR. — Ce sera charmant... ce sera... je... Les... (A part.) Il ne manquait plus que cette tuile-là !

MADAME. — Est-ce convenu ?

MONSIEUR. — Tout ce qu'il y a de plus convenu... c'est-à-dire... non...

MADAME. — Comment?...

MONSIEUR. — Non... Mon Dieu, chère...
vous ne pouvez douter... C'eût été avec bonheur... une bonne soirée d'intimité... Ah! le
fâcheux contre-temps !...

MADAME. — Quel contre-temps?...

MONSIEUR. — J'ai justement promis à de
Vergès d'aller le prendre à quatre heures...
C'est pour une réunion d'actionnaires de la
Compagnie des Mines de la Charente-Infé-
rieure.

MADAME. — Ah !

MONSIEUR. — On prépare une transforma-
tion de la société... une très-grosse affaire.

MADAME. — Si grosse?

MONSIEUR. — Je prendrai à peine le temps
de dîner aujourd'hui.

MADAME. — Comment, vous ne dînez pas!

MONSIEUR. — Impossible... Je ne sais pourquoi j'ai oublié de te prévenir... Nous avons séance du conseil d'administration de huit heures à minuit... Peut-être même cela se prolongera-t-il encore plus tard...

MADAME. — Et je vais rester encore toute seule ?

MONSIEUR. — Je suis désolé...

MADAME. — Je penserai à vous !...

MONSIEUR. — Non... Lucienne... je vous en prie, allez chez votre mère.

MADAME. — Elle se plaindrait encore que vous me délaissez.

MONSIEUR. — Moi !... s'il est permis !... Mais, je vous en supplie, Lucienne, ne restez pas ici pendant que ce vilain conseil d'administration...

MADAME. — Eh bien ! pour employer ma soirée, je vais aller voir mes pauvres.

MONSIEUR. — Vos pauvres !... Le soir ?...

MADAME. — Sans doute... On ne fait jamais

ces visites que le jour... On a tort... Le soir, le père de famille est revenu du travail... on l'interroge... on l'encourage... on le sermonne, et si sa conduite n'est pas rangée...

MONSIEUR. — En effet... une excellente idée... Tu es un ange !... Va chez tes pauvres... Et moi, je n'ai que le temps de sauter chez de Vergès... Il va m'attendre... Adieu !... Tu es un ange !...

(Il sort précipitamment.)

Envers.

M. de Villetaneuse, Madame de X...
Un fiacre.

MADAME DE X... — Montez... Montez vite, et baissez les stores... Si on nous voyait !...

M. DE VILLETANEUSE. — Je vous ai fait attendre... Mille excuses. Mais ma femme...

MADAME DE X... — J'arrive seulement... Ne faites pas d'actes de contrition... Mon mari.

M. DE VILLETANEUSE. — Je ne savais comment conquérir ma liberté. (A part.) La résignation angélique de Lucienne m'a tout de même remué le cœur.

MADAME DE X... — Je ne savais plus comment en sortir... Mon mari était là.

M. DE VILLETANEUSE. — Ah!...

MADAME DE X... — Oui... il ne se décidait pas à s'en aller... Alors j'ai pris mon air le plus calme tout en rongeant intérieurement mon frein.

M. DE VILLETANEUSE. — Vous êtes plus fortes que nous... Nous ne savons pas dissimuler.

MADAME DE X... — Il le faut bien pourtant... Alors, comme je sais que mon mari déteste le piano, je lui ai proposé de lui jouer du Chopin.

M. DE VILLETANEUSE. — Hein!...

MADAME DE X... — Naturellement il a refusé... Je n'ai pas insisté... c'eût été maladroit... je suis venue me rasseoir auprès de la cheminée...

M. DE VILLETANEUSE (à part). — Chopin...
C'est singulier...

MADAME DE X... — Au bout d'un instant,
j'ai pris la *Revue des Deux-Mondes,* une des
bêtes noires de mon mari, et je lui ai proposé...

M. DE VILLETANEUSE. — De lui lire un article?...

MADAME DE X... — Précisément... Il a
bondi...

M. DE VILLETANEUSE (à part). — Comme
moi!...

MADAME DE X... (après une autre petite
pause). — J'ai pris ma voix la plus câline...
Ah ! il fallait bien que ce fût pour vous, mon
ami. L'amour donne tous les courages.

M. DE VILLETANEUSE (plus que préoccupé).
— Je vous remercie.

MADAME DE X... — Et je lui ai proposé de
dîner en tête-à-tête au coin du feu... J'étais
sûre de l'effet.

M. DE VILLETANEUSE. — Et lui?

MADAME DE X... — C'est bien mal d'être dissimulée, n'est-ce pas?... Mais je voulais venir quand même... Mon mari a fait mine d'accepter; ce qui ne m'a pas inquiétée. Je le connais! Tout à coup, en effet, il s'est écrié qu'il était désolé, qu'une affaire importante... qu'il ne savait même pas à quelle heure il pensait rentrer le soir.

M. DE VILLETANEUSE (à part). — Comme moi!

MADAME DE X... — Il m'a proposé alors d'aller dîner...

M. DE VILLETANEUSE. — Chez votre mère?

MADAME DE X... — J'ai trouvé un prétexte pour refuser... Parce que, vous comprenez, il aurait pu savoir ensuite que je n'y étais pas allée... Je préfère, ai-je ajouté, rendre visite à mes pauvres...

M. DE VILLETANEUSE. — Pour le coup, c'est trop fort!

9

MADAME DE X... — Qu'avez-vous, Hector?

M. DE VILLETANEUSE. — J'ai... c'est-à-dire... non... (A part.) Elles ont donc eu le même professeur? (Haut.) Je... pardonnez-moi, baronne... je vous expliquerai... Il faut absolument que je rentre... Le piano... la Revue... les pauvres... Baronne... je vous écrirai... Excusez-moi. A bientôt... Ah! madame ma femme!... nous allons voir!

(Il saute en bas du fiacre et se met à courir.)

TABLEAU!

ENSEIGNEMENT MUTUEL

L'esplanade des Invalides.

Sur un banc sont assises deux affreuses mégères, coiffées de madras graisseux.

Cinquante ans chacune. Encore ces cinquante ans-là doivent-ils avoir depuis longtemps fini de sonner.

Le nez et les joues semblent avoir été passés à l'encaustique.

La voix rappelle les suaves intonations de Jean Hiroux.

Ces dames causent, et le sujet de leur conversation doit être particulièrement intéressant, si l'on en juge par la vivacité des gestes dont elles ponctuent leur dialogue.

Écoutons.

J'oubliais... La première des suaves inconnues répond au nom de Joséphine ; la seconde s'appelle Cécile, mais ses connaissances et elle-même sont unanimes pour prononcer *Cicile*.

JOSÉPHINE. — Pas chaud à c'matin.

CÉCILE. — Avec ça que sur cette polissonne d'esplanade des Invalides y vous pince un gredin de vent.

JOSÉPHINE. — Madame attend quelqu'un ?

CÉCILE. — Ne m'en parlez, madame, en être réduite à...

JOSÉPHINE. — Est-ce que par hasard vous auriez un sentiment pour quelqu'un de l'hôtel ?

CÉCILE. — Pour mon malheur !

JOSÉPHINE. — C'est comme moi alors.

CÉCILE. — Le mien, il est amputé de la jambe droite.

JOSÉPHINE. — Tiens, le mien, c'est de la jambe gauche.

CÉCILE. — Ils pourraient s'acheter une paire de souliers à frais communs. (Elle rit.) Je plaisante et je n'y ai guère le cœur, allez.

JOSÉPHINE. — Y vous fait des misères ? Je sais ce que c'est.

CÉCILE. — Voilà trois jours qu'il n'est pas venu à la maison. Donnez donc votre amour à des chenapans pareils !

JOSÉPHINE. — Le fait est que ça ne ressemble plus à ceux d'autrefois. Moi qui vous parle, il y a vingt ans que j'ai des attachements à l'Hôtel... Les vieux de la vieille, à la bonne heure, on en faisait ce qu'on voulait. C'était tellement démoli que ça ne pensait plus à courir, tandis qu'au jour d'aujourd'hui... le mien est un blessé de la prise d'Alger.

CÉCILE. — Le mien, de Constantine.

JOSÉPHINE. — C'est encore trop vert, ça ne peut pas se décider à se ranger. Quel âge qu'il a votre ami ?

CÉCILE. — Soixante-huit.

JOSÉPHINE. — Ben oui, c'est trop jeune.

CÉCILE. — A qui le dites-vous? On est aimante, on est dévouée, et puis on s'aperçoit qu'on est dupe...

JOSÉPHINE. — Moi, j'ai commencé à soupçonner Gustave parce qu'il n'apportait plus que la moitié de sa ration de vin et d'eau-de-vie.

CÉCILE. — C'est ça... Il en faisait des galanteries à une autre.

JOSÉPHINE. — Vous l'avez dit... Pour lors que je me suis embusquée chez le marchand de vins du coin de la rue Dominique.

CÉCILE. — Je le connais... Il a la renommée pour le mêlé cassis.

JOSÉPHINE. — Le rhum n'y est pas mauvais non plus... Pour lors, que je m'étais mis dans le petit cabinet à gauche... J'avais la mort dans l'âme... Parce que nous autres femmes, il y a quelque chose qui nous dit que nous sommes méconnues.

CÉCILE. — J'pense comme vous là-dessus. En prenez-vous?... (Elle lui offre une prise.)

JOSÉPHINE. — Si j'en prends?... c'est ma consolation. Sans le tabac, je me serais peut-être périe déjà.

CÉCILE. — Voyons, faut pas s'exalter tant que ça... Moi, mon singe me faisait des cascades, mais j'ai pris le d'sus.

JOSÉPHINE. — J'peux pas... Mais attendez que je vous finisse.

CÉCILE. — Je bois ves paroles.

JOSÉPHINE. — Pour lors qu'il débouche. Il avait ses provisions sous le bras... Si vous aviez vu comme il regardait pour voir si on ne le suivait pas... Mais j'étais invisible derrière mon rideau.

CÉCILE. — Pauvre femme ! Comme vous deviez souffrir !

JOSÉPHINE. — Quand il a cru être sûr de son affaire, il est entré dans une allée sur l'avenue. Elle était là qui l'attendait. D'où j'étais, je les voyais... Il lui a donné une bouteille en lui faisant des yeux... Oh ! des yeux !...

CÉCILE. — En voulez-vous une?... (Elle lui offre une prise.)

JOSÉPHINE. — Il est à la fève... c'est un embaumement !... Pour lors que je me contiens, parce que les esclandes, c'est au-dessous de ma dignité... Depuis vingt et des années que je suis dans le quartier, jamais on ne m'a eu à reprocher quoi que ce soit... aussi y a de ces messieurs les officiers de l'hôtel qui me saluent... oui, madame... voilà ce que c'est que la considération... Pour lors que je m'ai dévoré l'âme sur le moment... Seulement ça ne peut pas durer...

CÉCILE. — C'est donc récent?...

JOSÉPHINE. — Trois jours.

CÉCILE. — Et vous êtes restée sur votre colère tout ce temps-là?...

JOSÉPHINE. — Puisqu'il n'a pas reparu !

CÉCILE. — Et vous le guettez encore !

JOSÉPHINE. — Plus fort que moi !

CÉCILE. — Écoutez, j'vas vous donner votre vengeance.

JOSÉPHINE. — Ah! donnez-la, elle sera la bienvenue.

CÉCILE. — En voulez-vous une? (Elle lui tend la tabatière.)

JOSÉPHINE. — Avec plaisir... Je vous demanderai même l'adresse du débit, sans vous commander.

CÉCILE. — Celui de la rue de Grenelle, au tournant.

JOSÉPHINE. — Merci !

CÉCILE. — Donc, mon gueux, sauf votre respect, il m'en a joué d'homologues...

9.

JOSÉPHINE. — Ah !

CÉCILE. — Il faisait le joli cœur... Il disparaissait comme votre Gustave pendant des journées... Attends, que j'm'ai dit... Tu me la paieras... J'ai dissimulé encore, comprimant la jalousie pour le déjouer.

JOSÉPHINE. — C'est ce que j'ai fait.

CÉCILE. — Ah ! mais non ! Vous allez voir que c'était avec un but. Un beau jour, il est arrivé en me disant qu'il était pressé, mais qu'il avait voulu m'embrasser tout de même.

JOSÉPHINE. — Ils sont tous les mêmes.

CÉCILE. — J'ai eu l'air de rien... Seulement je l'ai invité à prendre un vin blanc... Au troisième verre, il s'est endormi.

JOSÉPHINE. — Et après ?

CÉCILE. — Après... je lui ai caché sa jambe de bois... Il a crié, il a prié... rien du tout... je l'ai tenu jusqu'au lendemain, ce qui lui a valu deux jours de consigne.

JOSÉPHINE. — C'est un moyen.

CÉCILE. — Il est souple depuis. Si vous voyiez...

JOSÉPHINE. — Mais s'il recommence?

CÉCILE. — S'il recommence?

JOSÉPHINE. — Il sera sur ses gardes.

CÉCILE. — Quand même !

JOSÉPHINE. — Il ne s' laissera plus confisquer sa jambe.

CÉCILE. — Possible... Alors j' lui casserai!!

JOSÉPHINE. — Vous êtes une vraie femme, vous... V'nez donc prendre une panachée.

CÉCILE. — Volontiers... (Elles s'acheminent vers un cabaret.)

JOSÉPHINE. — A la vôtre !

CÉCILE. — A la vôtre!

JOSÉPHINE. — Ah! les hommes, ma chère!...

CÉCILE. — A qui le dites-vous!... Le malheur, c'est que c'est comme le tabac... quand on en a l'habitude, impossible de s'en passer!...

FLEUR-DES-CHAMPS

Paysage des environs de Paris.

La scène se passe à la tombée de la nuit, dans le sentier d'un petit bois, aux recoins peu explorés.

On est au printemps.

Arrive d'abord un jeune gars à la carrure pleine de promesses athlétiques.

Il regarde soigneusement derrière lui, pour s'assurer que le sentier n'est pas hanté par des indiscrets.

Bientôt (même jeu) paraît une jolie fille de dix-huit ou dix-neuf ans, figure éveillée, qui sait s'endormir dès qu'il est besoin. Œil pétillant qui se baisse timidement au premier signal. Comme mise, une coquetterie dont la ville a fourni une moitié et le village l'autre.

LE PAYSAN. — Eh bien!

LA PAYSANNE. — Ça y est!

LE PAYSAN. — Vrai?

LA PAYSANNE. — Parole!

LE PAYSAN. — Laisse-moi rire un brin.

(Il se tord en proie à un spasme de folle gaieté.)

LA PAYSANNE. — Et après!... qu'est-ce qu'il y a d'étonnant? Es-tu bête!

LE PAYSAN. — Moi?... bête... Et eux alors?

LA PAYSANNE. — Dame, eux!...

(Elle se met à rire aussi.)

LE PAYSAN. — Mais conte-moi donc ça en détail.

LA PAYSANNE. — Mon Dieu! c'est bien simple.

LE PAYSAN. — Tu devais tout de même avoir de l'émotion, quand tu as comparu devant ces messieurs?

LA PAYSANNE. — Pas trop!... Je les connais presque tous.

LE PAYSAN. — Hum!

LA PAYSANNE. — Tu dis?

LE PAYSAN. — Moi!... rien!... Pour lors qu'on t'a posé des questions?

LA PAYSANNE. — Naturellement on m'a demandé d'abord si je me mettais bien décidément sur les rangs pour être rosière.

LE PAYSAN. — T'as répondu : *Oui!*

LA PAYSANNE. — Pas du tout.

LE PAYSAN. — Comment?...

LA PAYSANNE. — J'ai répondu qu'il y avait des gens qui avaient été assez bons pour m'y mettre sans que je le sache.

LE PAYSAN. — Est-elle assez futée!

LA PAYSANNE. — Alors, mon ancien maître, M. de la Sifflotière, qui présidait...

LE PAYSAN. — Ah! c'était lui qui présidait?

LA PAYSANNE. — Oui, parce que les autorités étaient indisposées.

LE PAYSAN. — Comme ça se trouvait !

LA PAYSANNE. — Ben dame! Il faut bien avoir un peu de chance.

LE PAYSAN. — Et il t'a interrogée sans rire?

LA PAYSANNE. — Pourquoi pas?

LE PAYSAN. — Dame, après ce que tu m'as... après ce qui s'est passé entre vous...

LA PAYSANNE (avec candeur). — Puisque c'était convenu et qu'il m'avait dit: Antoinette, je te jure que pour la peine je te ferai nommer rosière.

LE PAYSAN. — Ah! il t'avait juré...

LA PAYSANNE. — Si je n'avais pas eu sa parole, j'aurais été trop honnête fille pour avoir écouté ses enjôlements.

LE PAYSAN. — C'est juste, cré coquin, que tu es forte, tout de même !

LA PAYSANNE. — Tu m'ennuies à me répéter toujours la même chose.

LE PAYSAN. — Je ne t'interromps plus... Pour lors que...

LA PAYSANNE. — Pour lors qu'on m'a interrogée sur ma conduite.

LE PAYSAN. — Et tu n'as pas tremblé?...

LA PAYSANNE. — Godiche !

LE PAYSAN. — Cré coquin!... Tu es forte...

LA PAYSANNE. — Encore !... Je n'avais qu'une crainte.

LE PAYSAN. — Ah !

LA PAYSANNE. — Oui... Il y avait dans le jury le grand Thomas.

LE PAYSAN. — Le fermier de la ferme de Rousselette.

LA PAYSANNE. — Juste !

LE PAYSAN. — Et pourquoi qu'il te faisait peur ?

LA PAYSANNE. — Pardine! Parce que je n'a point voulu entendre ses douceurs.

LE PAYSAN. — Ah!

LA PAYSANNE. — Il me déplaît! Il me fait l'effet d'un crapaud, ce noiraud-là.

LE PAYSAN. — Le fait est...

LA PAYSANNE. — Tout le temps je voyais qu'il me fixait, qu'il me fixait... Toi, que je me suis dit, tu voteras pas pour moi... Mais comme j'étais sûre des autres...

LE PAYSAN. — Hum!

LA PAYSANNE. — Tu dis?

LE PAYSAN. — Rien.

LA PAYSANNE. — Ça n'a pas manqué... du moins à ce que M. de la Sifflotière m'a dit à part.

LE PAYSAN. — Il t'a parlé à part?

LA PAYSANNE. — Et puis?...

LE PAYSAN. — Rien...

LA PAYSANNE. — Il est venu m'apporter le résultat... Toutes boules blanches pour moi... une seule noire, celle à Thomas.

LE PAYSAN. — Elle est bonne.

LA PAYSANNE. — Maintenant il s'agit de préparer mon costume, je m'en sauve.

LE PAYSAN. — Comme ça?

LA PAYSANNE. — Certainement, comme ça...

LE PAYSAN. — Ma petite Antoinette!

LA PAYSANNE. — Je suis pressée.

LE PAYSAN. — Ma...

LA PAYSANNE. — Chut!... On marche.

LE PAYSAN. — C'est vrai.

LA PAYSANNE. — C'est le grand Thomas, je reconnais sa silhouette... Ne bouge pas.

(Ils se dissimulent dans le taillis. Silence.)

LA PAYSANNE. — Il est passé.

LE PAYSAN. — Il a une drôle de figure!

LA PAYSANNE. — Il pense au vote.

LE PAYSAN. — Dis donc...

LA PAYSANNE. — Quoi?

LE PAYSAN. — C'est bien cinq cents francs, la couronne de rosière?

LA PAYSANNE. — T'aimes les chiffres, toi.

LE PAYSAN. — Dame!... je ne...

LA PAYSANNE. — Oh! je te connais.

LE PAYSAN. — Écoute donc!... Il y aura des frais.

LA PAYSANNE. — T'as déjà calculé?

LE PAYSAN. — Je t'épouse le mois prochain, pas vrai?

LA PAYSANNE. — Avant...

LE PAYSAN. — Si tu y tiens...

LA PAYSANNE. — J'y tiens.

LE PAYSAN. — Je t'épouse dans trois semaines.

LA PAYSANNE. — Oui.

LE PAYSAN. — T'accouches dans quatre mois?

LA PAYSANNE. — Quatre et demi.

LE PAYSAN. — Ah !

LA PAYSANNE. — Je te l'ai déjà dit.

LE PAYSAN. — Je ne m'en souvenais pas bien... Pour lors que la chose, elle ne peut pas se passer ici, et que les sages-femmes, à Paris, ça coûte les yeux de la tête. Faut mettre au moins deux cents francs.

LA PAYSANNE. — Et puis?

LE PAYSAN. — Et puis il ne restera que trois cents francs sur ta *fleur d'eurange*.

LA PAYSANNE. — M. de la Sifflotière me fera une dot de mille francs.

LE PAYSAN. — Ta parole?

LA PAYSANNE. — Il me l'a promis tantôt.

LE PAYSAN. — Ah! tantôt... Hum!

LA PAYSANNE. — Tu dis?

LE PAYSAN. — Rien... Mille francs!

LA PAYSANNE. — Et il prendra soin du petit.

LE PAYSAN. — Il prendra... Ah! Tiens, je t'aime trop.

LA PAYSANNE. — Pour le prix? Adieu, je rentre.

LE PAYSAN. — Adieu, Toinette. Ah! nous

serons ben heureux, va... Je m'établirai blanchisseur.

LA PAYSANNE. — Une vocation! T'as déjà commencé.

LE MUSÉE D'ALBERTINE

I

Oui, parbleu!... C'est bien elle.. Albertine, la célébrité demi-mondaine.

Albertine dont les regards font prime et dont les baisers seront bientôt exploités, si cela continue, sous forme de société en commandite.

Or, l'autre soir, la susdite prenait le thé avec une amie, un jour de relâche. Il faut bien qu'il y en ait comme cela dans la profession.

Et interpellant ladite amie :

— Ah çà, Juliette, je suis sûre que tu n'as jamais vu mon musée secret ?

— Moi ? Ma foi non... Mais de quel musée veux-tu parler ?

— Une curiosité, ma bonne.

— En quel genre ?

— Tu le sauras tout à l'heure... Le temps de prendre la clef.

— Tiens !... Tiens !... Ça doit être bizarre.

— Une idée que j'ai eue... Nadaud a dit dans sa chanson :

> Mon mobilier c'est ma biogr phie.

Mais, comme je vends mes mobiliers à l'hôtel Drouot tous les ans, j'ai imaginé de me faire une biographie avec l'image des autres.

— Comprends pas.

— Tu comprendras tout à l'heure. Viens !...

II

Elles entrèrent dans une espèce de boudoir soigneusement clos.

—C'est ici, fit Albertine.

Juliette ouvrit de grands yeux.

Le long de la muraille étaient cloués des portraits tous uniformes quant au sexe.

> Les hommes! les hommes
> Il n'y a qu'ça!
> (OFFENBACH.)

Mais quelle diversité d'aspect et d'importance !

Juliette regardait ébahie.

Albertine ne lui laissa pas le temps de questionner.

—Ma petite, dit-elle, tu vois ces frimousses?

— Oui.

— Eh bien, quand je m'enferme en tête-à-tête avec elles, — une fantaisie que je

10

prends cinq ou six fois par an, — je relis ma
vie à livre ouvert..., et je t'assure que ce
n'est pas sans intérêt.

— Ta vie?

— Écoute plutôt.

III

Albertine désigna du doigt un tout petit
passe-partout sans cadre, dans lequel appa-
raissait une silhouette noire, de forme indé-
cise.

— Ceci te représente, fit-elle en prenant
la voix d'un montreur de figures de cire, ceci
te représente le naufrage de ma vertu.

— Bah!

— Est-ce que tu crois que je suis cocotte de
naissance, par hasard?

— Non, mais...

— Ah! dame, l'aventure ne date pas d'hier.
J'avais seize ans et j'en ai vingt-neuf.

— Vingt-neuf! murmura Juliette tout bas.

— En ce temps-là, poursuivit Albertine qui n'avait pas entendu, on était apprentie fleuriste. Un métier poétique, mais embêtant à mort. On vivait chez papa et maman... de braves gens qui ne se méfiaient pas... Ils n'avaient jamais lu les poëtes... celui qui a dit notamment :

Belle, pauvre et seize ans! ô trinité sinistre!

— Mâtin!... T'as de la littérature ?

— Assez pour placer mon mot dans le monde... Pour lors, ma biche, que je n'en menais pas large avec les vingt-sept sous que je gagnais par jour... Mais on avait des compensations... Ma compensation, à moi, s'appelait Auguste... un beau garçon, tourneur de son état...

— Un ouvrier!

— Et puis!... Est-ce que tu crois qu'on commence par les fainéants tout de suite!..

Je le vois encore, Auguste... Il m'avait juré de m'épouser.

— Connu !

— Quoi ! connu ?... Tu n'y es pas, ma pauvre fille... Celui-là, il ne trichait pas au jeu de l'amour et du hasard... Pour lors, qu'un jour avec l'autorisation des parents... (ils avaient en lui une confiance d'honnêtes gens) nous voilà partis pour la fête à Saint-Cloud. Il y a des taillis là-haut dans le parc... Quand nous redescendîmes, Auguste me tutoyait.

Et en passant le long des baraques, comme il y avait là un bonhomme qui vous découpait votre portrait en papier noir pour trois sous, il me dit : « J'vas t'offrir un souvenir de ton fiancé... » Le souvenir, le voilà !... Pauvre Auguste !... La première fois que je l'ai trompé, il s'est engagé... et au Mexique... Bonsoir !... Six mois après, deux balles dans la tête !...

IV

Il y eut une pause.

Juliette avait allumé une cigarette.

— Celui avec qui je l'avais trompé, tiens, c'est ce rapin-là... Tu vois bien cette pochade en deux coups de crayon ?

— Je vois.

— Il m'avait persuadé de lâcher les fleurs pour me faire poseuse... Joli métier !... et joli coco !... Regarde-moi cette frimousse. Il a failli me noyer dans la bière... Seize bocks tous les soirs... On n'était pas positivement malheureuse, mais on était abrutie...

— Tu n'as pas réussi tout de suite, toi...

— Dame non !... on tâtonne... Par bonheur, un soir, à Bullier, je fus visée par ce numéro trois... La photographie coloriée qui est là.

— Ah !... un sérieux.

— A moitié... Donne-moi du feu !

V

— Il était commis dans un magasin de nouveautés, avec un intérêt dans la maison... Je n'en fis qu'une bouchée.

— Tu avais de l'appétit.

— Ça m'était venu en mangeant.

— C'est naturel.

— De sorte que, cinq mois après, j'avais fait la connaissance de son patron... que voici.

— Ce gros?

— Oui, dans un tout petit cadre... c'est une miniature... Comme il avait sa pièce de soixante ans, il croyait encore à la miniature et à madame de Mirbel...

— Le culte du souvenir!

— Ne t'attendris pas... Il était si bête...

— Une qualité!

— Attends... Et si avare que je le plantai là, après six mois d'expérience... Donne-moi du feu.

VI

— C'est alors que je permutai et que je passai du civil au militaire...

— Ah ! ce portrait de général?.,.

— Oui... Il a tenu à le faire peindre par un peintre de batailles, avec un obus éclatant à ses pieds.

— Couleur locale.

— Il a malheureusement fait comme l'obus peu de temps après, et je suis entrée dans la haute banque.

— Parfait!

— Pas de plaisanterie... La haute banque, c'est ce superbe cadre dans lequel s'épanouit un portrait de *môsieu* Cabanel. Coût: 20,000 fr... Je le céderais pour 1,000, si je ne m'étais juré de garder ma collection au grand complet.

— Et ce dernier cadre dont tu ne me...

— Mon actuel... un homme politique... un défenseur des grands principes, ma chère...

Excusez du peu. Il m'a dit : « Je voudrais te donner mon portrait, mais cela pourrait me compromettre... Seulement, en cherchant, j'ai trouvé ce tableau de sainteté qui représente saint Antoine... Il me ressemble... De la sorte, en ayant l'air de te sanctifier, tu auras près de toi ton Loulou... (C'est le petit nom qu'il se donne, vu qu'il s'appelle Louis)... Et j'ai accroché saint Antoine dans mon musée.

— Superbe !...

— Une vraie galerie sociale... C'est égal, ma chère... tu me croiras si tu veux, mais dans tout ça, il n'y a que le portrait à trois sous qui me fasse *toc-toc* là, quand je le regarde...

— A condition que tu ne sois pas forcée d'y revenir !

— Parbleu! Une fois qu'on est dans les affaires. .

EN FAMILLE

Au bois de Boulogne.

Un fringant équipage chemine dans l'allée de Longchamps.

Panneaux armoriés. Laquais en poudre et mollets.

Dans l'équipage, une haute élégance parisienne nonchalamment noyée dans une marée de soie et de dentelle.

Après avoir suivi quelque temps l'allée et s'être laissé bercer par le mouvement paresseux de la voiture, la belle inconnue fait signe au cocher qu'elle désire descendre.

Le valet de pied s'élance.

Mais en même temps un pâle voyou s'est présenté pour ouvrir la portière.

Le valet le repousse. Il résiste.

Une lutte va s'engager, quand le pâle voyou, d'une voix rogommeuse :

— Dis donc, est-ce que tu ne vas pas me lâcher, Mascarille?... On a à se causer avec madame !...

La belle inconnue a tressailli ; elle regarde le pâle voyou, et, sautant à bas de son huit-ressorts, fait quelques pas pour s'éloigner de ses gens.

L'ouvreur de portière la suit, et quand ils sont à peu près hors de portée :

— Bonjour, Ulalie !... Ça va toujours bien?

L'INCONNUE. — Ne parle pas si haut.

— Ah ! très-bien... tu as reconnu ton sang.

tout de même... J'avais peur que, vu la simplicité un peu exagérée de mes ornements, tu
fasses la renchérie.

— Qu'est-ce que tu me veux ?

— As pas peur... C'est pas un bureau de
tabac... J'aurais peur de manger mon fonds
sous forme de chiques.

— Dépêche-toi.

— Minute... Il faut pourtant donner le
temps aux épanchements de famille quand on
retrouve mademoiselle... pardon, madame sa
sœur dont on fut privé pendant un laps... car,
enfin, Ulalie, pas à dire..., nous ne nous
étions pas entrembrassés depuis quatre ans...

— Et j'espérais bien...

— Ne jamais me revoir... Ah ! t'as bien toujours ton noble cœur... Ta figure a pris quelques rides, mais lui, il est plus épanoui que
jamais... Si c'était pas la crainte de me mettre
de la poudre de riz à ma blouse, j't'étreindrais
pour te remercier...

— Du monde!...

— Ah! oui, il serait compromettant pour la dignité de Son Altesse Ulalie Cascade d'avoir l'air de posséder des parentés en bourgeron bleu... On va vous ouater la chose... (Prenant le ton d'un mendiant.) N'oubliez pas un pauvre ouvrier sans ouvrage!... (Reprenant sa voix naturelle.) Là!... maintenant qu'ils sont passés, on va s'expliquer un brin gentiment.

— Enfin, comment se fait-il?

— Que j'aie pas encore crevé de faim!...

— On m'avait dit que pendant la commune...

— J'avais été tué sur une barricade... Jamais!... J'm'ai tenu à l'écart, rien que pour ne pas me priver du plaisir de te retrouver un jour... Ah! tu avais bien caché ta trace... Mes compliments sincères!... Sans le hasard, un sobriquet de la Providence, qui m'a placé tout à l'heure sur ta route...

— Comment m'as-tu reconnue?

— J'ai hésité d'abord... J'te savais bien établie dans le vice... Mais j'ignorais que ton commerce avait si bien prospéré... Pour lors qu'en t'apercevant de loin, je me dis comme ça : Dieu me pardonne ! v'là une particulière qui ressemble comme deux gouttes d'absinthe à un membre de ma dynastie. Mais c'est pas possible qu'elle roule landau... Au fait, pourquoi pas ?... Dans le corps où elle s'est engagée, on a vu de si drôles d'avancements... à l'ancienneté des messieurs... Il doit bien avoir sa pièce de soixante-dix ans, hein, celui qui te paye de ces carrosses-là ?

— De quoi te mêles-tu ?

— C'est vrai !... Arrivons aux choses sérieuses... Pour lors, qu'en me rapprochant, j'ai acquis la conviction que t'étais bien ma jumelle... Le destin me mettait le couvert, juste au moment où j'avais un crâne appétit... car j'te réponds que c'est pas ça qui manque...

— Tu sais bien qu'il ne peut plus y avoir rien de commun entre moi et un bandit de ton espèce.

— Bandit!... De quoi bandit!...

— Un repris de justice.

— Toi, la débauche n'a pas eu besoin de t'reprendre... elle t'a jamais lâchée!...

— Je vais...

— Quoi?... appeler un de tes larbins?... Veux bien... J'aime pas à raconter des choses drôles quand j'ai pas d'auditoire... Ça le distraira, cet esclave!

— Il me faut...

— Bandit!... Quand je pense qu'elle m'a appelé... Ah ça, tu as donc oublié l'histoire comme si t'étais une parvenue politique?... Tu crois que c'est arrivé ta fortune et ta noblesse?... Car, parole, il m'a semblé voir des armoiries sur ta patache!... marquise de Tout-le-Monde ou comtesse du Macadam!...

— Tu es un lâche d'insulter une femme!

— Insulter!... Parce que je te décline avec toutes tes qualités!... Je prends pas la peine de répondre à des accusations aussi enfantines, et je reviens aux faits... Oui, c'est vrai, j'vaux pas cher... Trois fois j'ai passé devant ces messieurs de la correctionnelle, et peut-être que les assises me préparent une séance d'honneur. Mais je sais ce qui en est cause, mam'selle Ulalie... Vous ne vous rappelez donc plus la maison telle qu'elle était avant votre fugue?

— Des radotages au sentiment.

— Pas de risque... J'place pas à fonds perdus... mais puisque l'occasion s'en présente, faut établir les responsabilités... on ne sait pas ce qui peut arriver .. La mère... une brave femme, celle-là... n'avait d'yeux que pour mam'selle... Moi, un gamin, on me laissait pourrir dans mon ignorance et croupir dans mon coin. Tout l'argent passait à attifer ma sœur adorée... une mômesse de treize ans...

A quatorze, elle filait avec un particulier...
Six mois après, la mère mourait de chagrin...
je me trouvais seul dans la rue... sans pain...
J'ai chipé à un étalage... Le reste a coulé de
source... et je ne sais pas où je m'arrêterai.
Mais, dis-moi, la belle Ulalie, qu'est-ce qui
m'a mis le vol à la main?... qu'est-ce qui
m'a lancé sur la route du bagne?... C'est petite sœur chérie... et elle voudrait qu'on ne
lui en témoigne pas sa reconnaissance pour
une fois qu'on la rencontre?...

— Tiens!... voilà cent francs.

— De quoi faire une halte... Pas la peine...
je suis pressé!...

— Mais alors...

— Alors, je n'avais qu'un désir : te témoi-
gner le parfait mépris avec lequel mes gue-
nilles ont l'honneur de toiser tes oripeaux.

En ce moment passe un sergent de ville.
La dame au huit-ressorts lui fait signe et
tranquillement :

— Veuillez arrêter ce vagabond qui me demande l'aumône en me menaçant.

L'AGENT. — Allons !... au poste.

LE PALE VOYOU. — Bien joué, madame !... mais on se reverra. Dans tous les cas, tu sais, sœur adorée... si t'entends jamais parler qu'on doit me guillotiner, manque pas de venir à la Roquette, j'te promets d'te nommer du haut de l'échafaud comme auteur du drame !

LE CHRYSOMÈTRE

(Correspondance chiffrée.)

CINQ MILLE FRANCS DE BÉNÉFICE

Ma petite Julia,

M'y voilà au pays où fleurit l'oranger. Mais ne t'attends pas à des descriptions de voyage. Je sais trop peu d'orthographe pour me lancer dans ces machines-là. Si je t'écris, c'est pour les choses sérieuses.

Donc, ma fille, figure-toi que j'ai trouvé à Monaco un garçon qui est une vraie perle.

Trente-cinq ans au plus. De la tenue, de la distinction.

Il était à jouer. Il gagnait même. Cela ne l'a pas empêché d'être galant.

Quand je me suis approchée du tapis vert pour mettre mes pauvres cent sous, il s'est écarté avec empressement, ce dont sont peu coutumiers les hommes qui sont ici, car ils seraient capables de piétiner sur la Vénus de Milo pour retrouver quarante sous qu'ils auraient laissés tomber par terre.

Mais celui-là n'est pas ainsi. Il demeure au même hôtel que moi et m'adresse un salut charmant toutes les fois qu'il me rencontre dans les couloirs.

. . . .

Sur ce adieu. C'est l'heure où le train de Nice arrive et où le jeu s'anime. Je te quitte pour aller voir s'il aura encore la même veine qu'hier. Il m'intéresse, ce jeune homme.

LÉONTINE.

DIX MILLE FRANCS

Ma chère Julia,

Quelle vie on mène ici ! Un enchantement de tous les instants.

Il est plus empressé que jamais. Nous avons causé.

C'est un homme d'esprit par-dessus le marché, mais de beaucoup d'esprit. Il a des mots à mettre dans les journaux.

Et puis, très-bien de figure !

Je ne l'avais pas détaillé tout de suite : des yeux pleins d'expression, un nez fin. Il ne doit pas avoir plus de la trentaine. Il m'a proposé d'aller faire demain une excursion à Roquebrune. J'ai refusé d'abord; mais il a insisté avec tant de réserve...

11.

Je crois que c'est ma bonne étoile qui m'a amenée ici.

On n'en trouve pas comme ça à Paris, où on n'a le choix qu'entre ceux qui se gomment et ceux qui se dégomment. Avec cela il gagne toujours.

Au revoir, ma petite Julia.

Je te dirais bien de venir me rejoindre si tu devais rencontrer son pendant; mais je ne pense pas qu'on puisse trouver son pareil.

Pense à moi. Je te rapporterai un souvenir.

LÉONTINE.

VINGT MILLE FRANCS

Quelle splendide journée !

Il faisait, ma chère, un de ces soleils auprès desquels l'astre blafard qui montre parfois le bout du nez à Paris a l'air d'une veilleuse.

Il avait retenu une voiture élégante. Clic, clac! En route! Décidément il doit appartenir à une grande famille. Je n'ai pas osé l'interroger là-dessus, mais tout le révèle dans ses manières.

Si tu l'entendais! Il sait tout. Il parle de tout à livre ouvert. Moi qui n'ai jamais rien pu apprendre, tu penses si ça m'épate!

Nous avions l'air d'une gravure d'autrefois quand, pour escalader les ruines du vieux château de Roquebrune, nous marchions la main dans la main.

Nous étions seuls.

Les premiers soubresauts du printemps dansaient la polka sous mon corset.

Que te dirai-je?...

Tiens! voilà que je parle comme M. Dumaine faisant le récit du cinquième acte.

En deux mots, ma chère... Eh bien, oui, tant pis!

Du reste, il n'a rien fait pour que je le regrette. Il est encore plus empressé qu'auparavant.

Quand je te dis que c'est un gentilhomme !

Seulement, tu comprends, ça aurait semblé drôle de lui demander son nom tout de suite...

Mais je parierais qu'il est comte... peut-être marquis.

Et une veine qui va toujours, que c'en est effrayant !

Sais-tu que s'il s'attachait à moi?... Il y a des nuits où je n'en dors pas.

Amuse-toi bien, ma chérie. Tu auras été probablement à l'ouverture du Cirque. Y avait-il quelques gymnasiarques bien bâtis, avec des jambes comme tu les aimes?

Et Mabille? Ça se refroidit bien.

Parle-moi de tout ça dans ta prochaine.

Je descends pour dîner. Il a retenu un cabinet. Et Roquebrune m'a donné une faim...

LÉONTINE.

CINQ MILLE FRANCS DE PERTE

Ma chère Julia,

J'ai peut-être été un peu vite, tout de même.

Il paraît qu'il n'est pas gentilhomme du tout. On n'a pas pu me dire au juste ce qu'il faisait ; mais ce qu'il y a de sûr, c'est qu'il s'appelle Pailleux tout court.

Je t'avouerai franchement que si la promenade de Roquebrune était à recommencer...

Enfin... Mais je vais m'informer d'une façon plus précise. Il ne s'agit pas de se laisser refaire.

Je commence à avoir des envies de revoir la barrière de l'Étoile à l'heure du persil.

Et puis il s'est mis à jouer depuis ce matin comme un toqué. C'est absurde. Il pose tou-

jours sur la couleur qui perd. Tous ses béné-
fices y ont passé. Ça repiquera peut-être,
mais je suis sur mes gardes.

LÉONTINE.

DIX MILLE FRANCS

Ma pauvre Julia,

Il y a positivement des moments où l'on se
met le doigt dans l'œil jusqu'au coude. Je ne
sais pas avec quels yeux j'avais vu ce gar-
çon-là!

On n'est pas plus assommant! Tout le
temps il ne parle que de systèmes et de com-
binaisons, que du refait et du jeu.

Quant à ses mots, il en a une demi-dou-
zaine qu'il a dû apprendre par cœur dans les
journaux et qu'il replace toujours.

Mais c'est moi qui ne vais pas moisir avec
lui, si ça va de ce train-là!

J'ai eu le temps de mieux le regarder. Il a plus de quarante ans et il louche de l'œil droit. Il fait toujours le joli cœur. Mais, moi, je me montre d'une froideur significative. Il faudra bien qu'il finisse par comprendre.

Je crois que tu as bien fait de ne pas te déranger et j'ai bien peur de ne pas faire mes frais.

Oh! les hommes! Pas moyen de s'y fier.

A bientôt. Je suis furieuse!

LÉONTINE.

VINGT MILLE FRANCS

Ma chère amie,

Une vraie forêt de Bondy! Personne ne sait d'où il arrive, ni où il a pu prendre l'argent qu'il perd.

Sans compter que monsieur est devenu brutal, presque grossier.

J'ai une peur horrible d'apprendre que c'est quelque caissier qui a filé avec la grenouille du patron.

Et cela veut poser pour l'homme comme il faut!... Cela se donne des airs!...

Moi, pas bête, j'ai préparé mon plan.

Pendant qu'il sera au Casino, je fais déménager mes malles et je m'en vais dans un autre hôtel. Comme il n'a pas payé encore celui où nous demeurions, il ne pourra pas me suivre.

Que mon histoire te serve de leçon, ma chère, si jamais tu viens dans ces pays-ci.

Heureusement, tu sais, je retombe toujours sur mes pattes, moi.

J'ai déniché hier au jeu un amour de petit Anglais. Il doit déjà avoir dans les trente mille francs de bénéfice. Mais celui-là est un vrai homme du monde. Il n'y a pas de comparaison avec l'autre.

Il m'a serré le bout d'un doigt en me passant dix francs que j'avais laissés à rouge.

Par bonheur j'ai apporté avec moi (dis que je n'ai pas de la précaution !) un manuel de la conversation en cinq langues.

Pardonne-moi de ne pas t'en écrire plus long ; je vais piocher les *howe do you do?*

Quant à ce misérable, s'il m'adresse la parole, je le fais souffleter par l'autre.

Je t'embrasse.

LÉONTINE.

MUSE EN CHAMBRE

Madame Souillin que je vous présente. Plus connue en littérature sous le nom d'Angéla de Rochegune.

Trente-sept ans d'âge. Visage couperosé, mains sales. Sur sa tête des cheveux rares, à travers lesquels le peigne ne doit pas se promener souvent. Sur sa table un faux chignon côte à côte avec des journaux, des paperasses; une assiette dans laquelle dort un vieux reste de charcuterie, une tasse sans anse zébrée de

traces de café, un petit verre à moitié rempli
et une bouteille de cognac portant la marque
de l'épicier du coin.

Madame Souillin, plus connue sous le nom
d'Angéla de Rochegune, est renversée dans un
fauteuil, la plume derrière l'oreille, un pied
sur le rebord de la cheminée.

Elle doit chercher une rime, car elle lance
au plafond des regards désespérés.

En effet, devant elle, une poésie commencée
attend la suite de l'inspiration.

La poésie a pour titre : *Vague à l'âme.*

MADAME ANGÉLA (relisant) :

Dis-moi, mon cœur, pourquoi ces mystiques effluves ?

Effluves fait bien, mais c'est un mot rudement rasant au point de vue de la rime... Ça
ne va pas, ce matin... C'est peut-être le jambonneau que j'ai mangé hier soir. Mais quand
on rentre à deux heures du matin !... Un

crâne succès à la soirée de bienfaisance où j'ai récité ma *Pluie de larmes*.

Effluves... J'y suis.

> Dis-moi, mon cœur, pourquoi ces mystiques effluves !
> Et ces bouillonnements pareils à ceux des cuves?

Pas très-fort ! J'aimerais peut-être mieux :

> Est-ce l'âpre douleur que lentement tu cuves?...

Positivement. Ce s.... jambonneau m'a donné des crampes, il faut le précipiter.

(Elle se verse un petit verre et le boit)... Ça facilite... Nous disons :

> Est-ce l'âpre douleur que lentement tu cuves !
> Est-ce un frisson d'amour qui te force à vibrer
> Comme un luth magnétique...

(On frappe à la porte.)

UNE BONNE. — Madame, il n'y a plus de langes pour changer le petit.

MADAME ANGÉLA. — Prenez une serviette de table.

LA BONNE. — Elles sont toutes percées.

MADAME ANGÉLA. — Ce sera plus sain. Ça l'aérera. On ne peut pas travailler une minute tranquille ici !

Comme un luth magnétique...

(La porte s'ouvre de nouveau. C'est M. Souillin, le mari de la susdite, qui pénètre, une calotte de velours sur la tête, et brandissant à la main une paire de chaussettes.)

M. SOUILLIN. — Alors, il faudra bientôt que je marche pieds nus.

MADAME ANGÉLA. — Qu'est-ce qu'il y a encore ?

M. SOUILLIN. — Ce qu'il y a ?... Que ce n'est pas une vie et que j'en ai par-dessus les épaules.

MADAME ANGÉLA. — Et moi donc !

M. SOUILLIN. — Ah ! cré coquin ! si on m'avait dit ce que c'était que d'épouser un bas-bleu, quand je vous ai trouvée sur ma route, comme on trouve une pierre qui vous fait casser le cou...

MADAME ANGÉLA. — Et moi, si j'avais connu votre nature de bourgeois obtus !

M. SOUILLIN. — Vous êtes bien heureuse que ce bourgeois-là, tout obtus qu'il est, vous fourre la pâtée. Ce n'est pas avec vos élégies que vous feriez bouillir la marmite ! Ah ! triple brute que j'ai été !... Je pouvais rester libre avec ma place de sous-chef... Pas du tout. Je m'en vais dans un salon ; j'y trouve une jeune fille avec des cheveux en saule pleureur, un teint d'une langueur maladive et des yeux pâmés... C'était vous qui, debout à la cheminée, récitiez *Les Amours d'une pervenche*... *Les Amours d'une*... Ça me fait suer, quand j'y pense. Avoir été assez fou pour couper dans la pervenche de madame... pour m'éprendre, pour épouser !...

MADAME ANGÉLA. — Avez-vous bientôt fini ?

Vous savez que si vous ne m'inspiriez pas le dégoût que je ressens, je vous...

M. SOUILLIN. — Dégoût ou non, il faut que ça change. Les enfants grouillent dans la crasse ; j'ai des chaussettes à soupapes ; les créanciers sont toute la journée pendus à la sonnette... Tout ça parce qu'au lieu de vous occuper de votre maison, vous êtes là à barbouiller vos inepties.

MADAME ANGÉLA. — Je vous défends de...

M. SOUILLIN. — On en a fait enfermer qui étaient certainement moins folles que vous.

MADAME ANGÉLA. — On n'enferme pas que les fous, on enferme les idiots, et à ce compte-là...

M. SOUILLIN. — Qu'est-ce que c'est encore que ce torchon de papier? (Il lit.)

Dis-moi, mon cœur, pourquoi ces mystiques effluves?

Son cœur ! ses effluves ! Mais regardez-vous donc dans la glace ! Et il faudra encore dépenser huit cents francs pour faire imprimer ce volume-là, n'est-ce pas?

MADAME ANGÉLA.—Monsieur, les éditeurs...

M. SOUILLIN. — Les éditeurs ! Ils ne passent même plus dans notre rue de peur de vous rencontrer !

MADAME ANGÉLA. — Sans compter que j'ai l'espoir d'avoir un prix de l'Académie. Hier, à cette soirée, j'ai parlé à l'un de ses plus illustres membres.

M. SOUILLIN. — C'est donc ça que je l'ai entendu dans l'antichambre qui disait en cherchant son paletot : « Ce n'est pas une femme, c'est une glu. »

MADAME ANGÉLA. — Et l'*Écho des Boudoirs*, journal de modes, qui m'a demandé une chronique du grand monde.

M. SOUILLIN. — Comme si on chargeait un sourd de la critique musicale... Vous feriez mieux de vous occuper du déjeuner ; il faut que je parte pour mon bureau.

MADAME ANGÉLA. — Dieu merci !

M. SOUILLIN. — L'avez-vous commandé seulement ?

MADAME ANGÉLA. — J'ai demandé ce que je voulais pour moi. Vous, arrangez-vous comme vous voudrez.

M. SOUILLIN. — Ah ! tenez !... Je ne me...

LA BONNE, entrant. — C'est un jeune homme qui désire parler à madame. Il dit qu'il veut déposer à ses pieds un volume de vers.

M. SOUILLIN. — Il y aura donc toujours des jobards de cette espèce-là ?

MADAME ANGÉLA. — Faites entrer... Et vous, monsieur...

M. SOUILLIN. — Oh ! n'ayez pas peur, je n'ai pas envie de troubler vos tête-à-tête. (Il s'en va.)

MADAME ANGÉLA. — Vite... (Elle rattache son chignon et couvre d'un journal étendu le jambonneau et la bouteille.)

LE JEUNE HOMME (restant timidement sur

le seuil et faisant un profond salut). — C'est à madame Angéla de Rochegune que j'ai l'honneur...

MADAME ANGÉLA. — Oui, monsieur... Veuillez, je vous en prie, prendre la peine...

LE JEUNE HOMME. — Ah ! madame, pardonnez... mais, malgré moi, l'émotion... l'idée de me trouver en présence d'une de nos muses charmeresses... J'habite Pithiviers, madame; ma famille, qui s'est enrichie dans le commerce des pâtés, voudrait que je continuasse son commerce; mais j'en mourrais !... Oh ! oui, madame, j'en mourrais !...

MADAME ANGÉLA. — Je vous comprends.

LE JEUNE HOMME. — J'en étais sûr d'avance. Aussi suis-je venu tout droit à vous... Vous lirez, n'est-ce pas, mon premier livre... les *Sanglots d'une lyre...* et si vous daignez m'honorer de votre protection... je serais heureux et fier de publier à vos côtés quelques sonnets dans l'*Écho des boudoirs.*

MADAME ANGÉLA (à part). — Pour qu'il me retire le pain de la bouche ! (Haut.) Comment donc !... J'en parlerai à la comtesse de Bassanville, ma meilleure amie.

LE JEUNE HOMME. — Merci, madame. Je n'avais pas trop présumé de votre cœur. Je savais bien qu'il était au-dessus du vulgaire.

MADAME ANGÉLA. — Monsieur...

LE JEUNE HOMME. — Les âmes élevées sont sœurs.

MADAME ANGÉLA. — Vous avez raison. Que serait l'existence sans l'idéal ? Ceux-là seuls vivent qui s'élèvent au-dessus des soucis matériels, qui planent dans les sphères sereines de la pensée éthérée, qui se tiennent dans les régions où ne parvient pas même l'écho des appétits grossiers dont...

LA BONNE (ouvrant la porte). — Vous savez madame, si vous le laissez encore refroidir comme avant-hier, votre gras-double ne sera pas mangeable !

PHÈDRE. — ACTE II. — SCÈNE V.

LA FEMME DE CHAMBRE. — Madame, c'est votre professeur de déclamation qui vient pour les leçons de madame.

ELLE. — Entre donc, mon petit Rigobert... Tu sais que si tu étais arrivé dix minutes plus tard, tu trouvais visage de bois, j'étais invitée à déjeuner chez Ledoyen. Enfin, puisque te voilà, je vais prendre ma leçon tout de même.

RIGOBERT. — L'art avant tout !

12.

ELLE. — Je connais ta tirade, garde-la pour les fruits secs du Conservatoire ; mais, ce que j'en fais, tu sais, c'est parce que mon vénérable protecteur s'est fourré dans la cervelle qu'il me fallait une position sociale. Et quelle position ! ces vieux du faubourg Saint-Germain, ça vous a des idées !... Il veut que je sois dans la tragédie ; il dit que c'est un porte-respect.

RIGOBERT. — Je crois qu'il doit vous respecter assez sans cela, à son âge !

ELLE. — Rigobert, nous devenons graveleux, mon ami. Je vous défends de donner des coups de tire-bouchon dans l'alcôve de ma vie privée.

RIGOBERT. — Je prosterne mes génuflexions devant la pudeur de madame.

ELLE. — Tu vas me lâcher ! Dépêchons d'avaler la pilule. Commençons la leçon.

RIGOBERT. — Pilule ! L'enseignement d'un homme à qui Talma lui-même a appris à vibrer ! Pilule !... Si au moins vous la doriez davantage ! J'en ai assez de débiter des morceaux de mon poumon à raison de cent sous le cachet.

ELLE. — Mon pauvre vieux, tu tournes à la monomanie avec tes jérémiades. C'est de la mélancolie — Wallace. Faudrait prendre garde !

RIGOBERT. — S'entendre parler ainsi quand on a joué Mardochée au grand théâtre de Louvain avec Rachel.

ELLE. — Commençons-nous ou ne commençons-nous pas ?

RIGOBERT. — Nous commençons... Avez-vous appris votre scène de *Phèdre* ?

ELLE. — Un brin... Dis donc, mon petit, je voulais te demander... Racine, est-ce qu'il est mort ?

RIGOBERT. — Le bruit en a couru.

ELLE. — Pas de bêtise, il y a longtemps ?

RIGOBERT. — Mais oui, assez longtemps.

ELLE. — Il y a plus longtemps que Lamartine?

RIGOBERT. — Voyons, c'est pour plaisanter!... Racine est mort il y a cent soixante-quatre ans!

ELLE. — Si tu te figures qu'à la maison j'avais du temps à perdre pour apprendre ces choses-là! Je faisais le ménage, les commissions et, par-dessus le marché, il fallait que je gagne encore mes quinze sous par jour avec la couture.

RIGOBERT. — Y sommes-nous?

ELLE. — Oui.

RIGOBERT. — Suivez sur le texte.

ELLE. — As pas peur, on y va... seulement tu es un Hippolyte un peu râpé pour m'inspirer de l'exaltation... Ah! dis donc?...

RIGOBERT. — Quoi encore?

ELLE. — Cette Phèdre-là, est-ce que c'est elle qui a écrit des fables?

RIGOBERT. — Mais non, c'était un homme.

ELLE. — Pourquoi portait-il un nom de femme ?

RIGOBERT. — Je vous donne la première réplique...

Madame, je n'ai pas des sentiments si bas.

ELLE. — Sais-tu que c'est un fier jobard que cet Hippolyte ? Phèdre devait être bien conservée. Et il fait son Joseph ! Ce n'est guère nature.

RIGOBERT. — Mais c'était sa belle-mère.

ELLE. — Avec ça que le fils de mon vieux marquis se gênerait, si on le laissait vingt-cinq minutes avec moi. Je suis pourtant sa belle-mère aussi.

RIGOBERT. — Je croyais que vous n'aimiez pas qu'on regarde dans votre alcôve.

ELLE. — J'en ouvre les rideaux quand ça me plaît.

RIGOBERT.

Madame, je n'ai point des sentiments si bas.

ELLE. — Dis donc, malhonnête, est-ce qu'on t'offre quelque chose?

RIGOBERT. — Mais c'est mon rôle.

ELLE. — Tiens, je n'y pensais plus... C'est egal, elle est rudement bétasse, cette Phèdre, de faire des avances aux hommes.

RIGOBERT. —

Madame je n'ai point...

ELLE. — Comment qu'il s'appelait de son nom de famille, ce monsieur Hippolyte?

RIGOBERT. — Il ne s'appelait pas.

ELLE. — Qu'est-ce que c'est donc que cette histoire de labyrinthe dont elle lui parle:

Et Phèdre au labyrinthe avec vous descendue,
Se serait avec vous retrouvée ou perdue?

En fait de labyrinthe, je ne connais que celui du Jardin des Plantes où j'allais passer le dimanche. Je me rappelle que d'en haut on voyait la salle où papa était malade à l'hôpital.

RIGOBERT. — Vous savez que voilà bientôt une demi-heure de passée déjà.

ELLE. — Mon petit Rigobert, tu es d'un sec ce matin avec moi! Il faut que je t'humecte. Nous allons prendre un malaga ensemble.

RIGOBERT. — C'est bien doux!

ELLE. — Du madère alors !

RIGOBERT (buvant). — Il est bon.

ELLE. — Sais-tu... là, je m'étonne qu'on n'ait pas encore fait une opérette avec *Phèdre*. Il y aurait des scènes d'un allumé!... Vois-tu d'ici Judic chantant des grivoiseries à Hippolyte... Mes enfants ! toute la poisse en prendrait les armes.

RIGOBERT. — Et la censure?

ELLE. — C'est drôle ! on permet les inconvenances pourvu qu'elles soient dites sérieusement.

RIGOBERT. — Vous ne les permettez bien, vous, que quand elles sont faites de même.

ELLE. — Rigobert, tu as le madère profond ; on dirait que tu m'en veux encore de ce que je t'ai invité l'autre jour à ramasser ton cœur que tu laissais traîner dans ma chambre.

RIGOBERT. — Vous avez raison.

ELLE. — Parbleu !... dans ta position... Un pâtissier ne doit jamais manger de gâteaux... il mourrait d'indigestion dans les six mois.. Dis donc ?...

RIGOBERT. — Quoi ?

ELLE. — Est-ce que ça peut se jouer en maillot *Phèdre* ?

RIGOBERT. — Mais non.

ELLE. — C'est donc cela que mon vénérable me pousse vers la tragédie ; mais moi, au fond, ça m'oxyde... Rigobert ?

RIGOBERT. — Plaît-il ?

ELLE. — Tu m'apporteras demain la *Belle Hélène*.

RIGOBERT. — Permettez, on m'a payé pour vous donner des leçons de tragédie.

ELLE.—Eh bien, il y en aura un autre qui te payera pour me donner des leçons de cascade.

RIGOBERT. — Ma délicatesse...

ELLE. — Compris. Ce sera deux francs cinquante de plus.

RIGOBERT. — Qui m'aurait dit qu'on me traiterait de la sorte, quand...

ELLE. — Au grand théâtre de Louvain auprès de Rachel, c'est convenu... Prends encore un madère, tiens... As-tu des élèves fortes dans ce moment-ci?

RIGOBERT. — J'ai dans la comédie une...

ELLE. — Au fait, pourquoi est-ce que je n'apprendrais pas la comédie?... Pas la peine, je la joue toute la journée.

RIGOBERT. — Et ce sont toujours des représentations à bénéfice.

ELLE. — Décidément tu as le madère encore plus profond que je ne croyais.

RIGOBERT (surexcité). — Ah! si vous aviez voulu m'aimer!

13

ELLE. — Tu dis ça parce que dans les représentations à bénéfice il y a toujours un in-
termède comique !... Hein !... on sonne !...
C'est mon vénérable qui vient s'assurer que je
travaille... Attention !... (Déclamant :)

> Eh bien ! connaissez Phèdre et toute sa fureur !
> J'aime...

(Bas.) Cache donc le madère !...

> J'aime !... Ne pense pas qu'au moment où...

Mais cache donc le madère !...

RIGOBERT. — Ça y est !... (Haut :)

> Madame, pardonnez !... J'avoue en....

LE PROTECTEUR (entrant). — Bravo ! brava !..
Elle mord aux études sérieuses... N'est-ce
pas, monsieur le professeur ?

RIGOBERT. — Comme Ève à la pomme !

ELLE (bas à Rigobert). — Un rôle que tu
voudrais bien que je joue en costume, hein...
gredin !

L'EMBUSCADE

Au Salon :

Deux petites dames se promènent dans la salle B...

Pourquoi dans la salle B?

Vous allez le savoir?

Parce que, dans ladite salle B, figure (est-ce bien *figure* qu'il faudrait dire) le portrait de l'une d'elles.

Mais un portrait spécial.

Le modèle a été représenté de dos.

Il tourne seulement un peu la tête, de façon

à indiquer un profil tout ce qu'il y a de plus perdu.

En revanche (car le portrait est décolleté jusqu'à la ceinture), il exhibe des épaules d'un galbe privilégié.

1re DAME — (celle-là même dont les beautés ont tenté le pinceau d'un Apelles quelconque). — Trouves-tu que je sois ressemblante?

2e DAME. — Tu sais; je ne me rappelle pas bien...

1re DAME. — C'est peut-être un peu flatté.

2e DAME. — Un peu... Tu es modeste... Ta peau a l'air d'un satin rose.

1re DAME. — Où est le mal?

2e DAME. — Il n'y en a pas... Mais, est-ce que tu as fait mettre ton nom au livret?

1re DAME. — J'ai hésité.

2e DAME. — Mâtin!... Tu vas bien, toi!

1re DAME. — Dame!

2e DAME. — Pourquoi pas ton adresse?

1re DAME. — Alice!...

2e DAME. — Quand on prend de la réclame, on n'en saurait trop prendre.

1re DAME. — Tu dis ça comme si tu étais jalouse.

2e DAME. — Jalouse! Moi!... Et de quoi? Est-ce que tu te figures que si on voulait, on aurait manqué de peintres pour vous badigeonner au même prix que toi, ma chère?

1re DAME. — C'est ce qui vous trompe, mademoiselle.

2e DAME. — Tu as payé, peut-être?

1re DAME. — Certainement que j'ai payé.

2e DAME. — Avec ton argent?

1re DAME. — Des bêtises.

2e DAME. — A la bonne heure.

1re DAME. — C'est Alfred qui a absolument voulu m'avoir comme ça dans son cabinet de travail.

2e DAME. — Il est gentil pour ses amis.

1re DAME. — Hein!...

2ᵉ DAME. — Il y a des gens, ma parole d'honneur, qui courent après les cornes.

1ʳᵉ DAME. — Hélas ! lui, pour le moment, court après autre chose.

2ᵉ DAME. — C'est juste... j'oubliais qu'il était englobé dans la dernière débâcle de la Bourse.

1ʳᵉ DAME. — Il m'a écrit d'Anvers ce matin.

2ᵉ DAME. — Je parie qu'il te demandait d'aller le retrouver ?

1ʳᵉ DAME. — Tu penses si j'en meurs d'envie...

2ᵉ DAME. — Faut même pas répondre.

1ʳᵉ DAME. — Parbleu !

2ᵉ DAME. — Mais te voilà avec ton portrait sur les bras !

1ʳᵉ DAME. — Avec le portrait et l'original.

2ᵉ DAME. — Tu n'avais donc que lui ?

1ʳᵉ DAME. — Ça se trouve toujours comme ça.

2ᵉ DAME. — C'est vrai !

1ʳᵉ DAME. — De sorte que tu conçois...

Comme le matin, au Salon, c'est l'heure des gens comme il faut...

2ᵉ DAME. — Ah ! très-bien !

1ʳᵉ DAME. — Si on trouvait un gentilhomme qui eût une envie folle de ne pas déjeuner seul au Moulin-Rouge ?

2ᵉ DAME. — Tu ne m'avais pas prévenue quand tu es venue me chercher ce matin.

1ʳᵉ DAME. — J'avais peur que ça ne t'ennuie.

2ᵉ DAME. — Au contraire...

1ʳᵉ DAME. — Chut !... Deux messieurs très-bien... Laisse-les approcher.

2ᵉ DAME. — C'est toute une stratégie, alors.

1ʳᵉ DAME. — Parle-moi un peu haut du portrait.

2ᵉ DAME. — Ah !... (Élevant la voix.) Oh ! c'est parfait... C'est d'une ressemblance...

1ʳᵉ DAME. — Très-bien !

2ᵉ DAME. — Les épaules sont admirables... Est-ce que vous avez posé longtemps ?

1re DAME. — Les cuistres... Ils s'en vont en causant du prochain derby...: Ces hommes d'écurie.. Peuh!...

2e DAME. — Le fait est qu'à présent nous avons de rudes ennemis à combattre... Ils ont inventé tant de moyens de manger leur argent sans nous...

1re DAME. — En voici deux autres qui ont l'air très comme il faut...

2e DAME. — Oh! c'est parfait!... oh! c'est d'une ressemblance!...

1re DAME. — Vous trouvez?...

2e DAME. — Les épaules sont admirables... Est-ce que vous avez posé longtemps?

1re DAME. — Des crétins! Ils s'éloignent sans avoir seulement jeté un regard sur...

2e DAME. — Ils parlent de la baisse du Crédit mobilier, ma chère. Or quand des hommes parlent de la baisse du Crédit mobilier, ils sont toisés.

1re DAME. — Sais-tu tout de même que si

ce portrait me reste sur les bras, je ne.....

2e DAME. — Tu l'accrocherais dans ton salon.

1re DAME. — A quoi servirait-il ?

2e DAME.—C'est juste... On ne met pas une enseigne à l'intérieur du magasin.

1re DAME. — Dis donc, toi...

2e DAME. — Puisque c'est entre nous.

1re DAME. — Ce monsieur seul... Il...

2e DAME. — Je le connais...

1re DAME. — Il suffit... Je ne braconne jamais... Ah !... ces autres visiteurs...

2e DAME. — Oh ! c'est parfait !... oh ! c'est d'une ressemblance...

1re DAME (bas). — Il y en a un qui s'est retourné.

2e DAME. — Les épaules sont admirables... Est-ce que vous avez posé longtemps?

1re DAME. — Il se retourne encore !

2e DAME. — Alors je vais redoubler. Oh ! c'est parfait... Oh ! c'est d'une ressemblance !

13.

1re DAME. — Pas la peine de te fatiguer. Ils parlent anglais et n'ont pas l'air de savoir un mot de français.

2e DAME. — Mauvaise affaire !

1re DAME. — Si je le faisais vendre à l'hôtel Drouot?

2me DAME.— Avec des articles dans les journaux alors?

1re DAME. — T'es bête !

2e DAME. — Autrement tu n'en trouveras pas cent francs.

1re DAME.— Hum !

2e DAME. — On vient?... Suffit... Oh! c'est parfait ! Oh ! c'est d'une ressemblance !...

1re DAME. — Un peu plus haut.

2e DAME (forçant le ton). — Les épaules sont admirables... Est-ce que vous avez posé longtemps ?...

1re DAME. — Hélas! ma fille, c'est ici que nous risquons de poser longtemps... Ils s'en vont en discutant sur la dissolution.

2° DAME. — La politique ! Encore une enne-
mie intime que nous avons.

1ʳᵉ DAME. — Avec tout ça, je me meurs de
faim... Cette croûte ne me nourrit pas.

2° DAME. — Allons prendre des forces !

1ʳᵉ DAME. — C'est que...

2° DAME. — Je t'invite... Nous reviendrons.
Après le déjeuner, on sera peut-être plus en
train !...

(Elles sortent.)

Dans les Champs-Élysées :

1ʳᵉ DAME. — Vois donc ces messieurs...

2° DAME (machinalement). — Oh! c'est
parfait !... oh! c'est d'une ressemblance !...
Les épaules...

1ʳᵉ DAME. — Voyons... tais-toi...

2° DAME. — C'est juste... j'oubliais que c'est
l'entr'acte !

TENUE DE LIVRES

Une dame élégamment vêtue monte l'escalier de la maison Conjungo et C° (Entreprise de mariages dans tous les prix).

Elle sonne à la porte.

Un domestique vient lui ouvrir.

Elle remet sa carte au domestique, et aussitôt, comme quelqu'un qu'on attendait, elle est introduite dans le cabinet de M. Conjungo en personne, qui vient à sa rencontre avec un profond salut.

LA VISITEUSE. — Je suis exacte.

M. CONJUNGO. — On ne saurait l'être davantage... Veuillez donc prendre la peine de
vous asseoir.

LA VISITEUSE. — Je vous remercie.

M. CONJUNGO. — Si madame veut bien me
renseigner plus au long sur l'affaire qui l'a-
mène, je lui prête toute mon attention.

LA VISITEUSE. — Rien de plus simple : Je
désire me marier.

M. CONJUNGO (avec un gracieux sourire).—
Un désir que tout le monde serait heureux
d'exaucer.

LA VISITEUSE. — Oh! non, pardon. Je ne
parle pas ce langage-là pour les affaires.

M. CONJUNGO. — Alors, j'écoute.

LA VISITEUSE. — Monsieur, j'ai vingt-neuf
ans.

M. CONJUNGO. — Nous dirons vingt-six,
parce qu'ordinairement vingt-neuf en langage
féminin signifie quarante.

LA VISITEUSE. — Je vous répète que j'ai vingt-neuf ans. Voici mon extrait de naissance.

M. CONJUNGO. — Je n'en ai jamais douté, seulement comme les autres...

LA VISITEUSE. — Je n'ai rien de commun avec les autres, monsieur. Je viens pour moi seule.

M. CONJUNGO. — Il suffit. (A part.) Quelle drôle de cliente !

LA VISITEUSE. — Monsieur, je pourrais vous dire que j'appartiens à une excellente famille. Je n'ai jamais connu la mienne.

M. CONJUNGO. — Ah !

LA VISITEUSE. — C'est vous faire pressentir que les séductions ont eu facilement raison de ma jeunesse.

M. CONJUNGO. — Madame, la vie privée...

LA VISITEUSE. — Doit vous regarder, si vous tenez à l'honorabilité de votre commerce. Il ne s'agit pas de vendre du coton pour de la laine.

M. CONJUNGO.—Vous avez raison. (A part.) Quelle drôle de cliente!

LA VISITEUSE. —J'ai donc succombé... Ah! sans beaucoup de résistance. Je n'ai pas du tout l'intention de me faire plus héroïque que je ne suis. Seulement... j'ai la prétention d'avoir été moins bête que les autres.

M. CONJUNGO.— Prétention justifiée, je n'en doute pas.

LA VISITEUSE. — Qu'en pouvez-vous savoir?

M. CONJUNGO. — Mais...

LA VISITEUSE. — Pour tout dire, en un mot, à dix-neuf ans j'étais cocotte... Le mot vous surprend?

M. CONJUNGO. — Moi!...

LA VISITEUSE. — On n'a donc pas l'habitude de donner ses vrais noms ici?

M. CONJUNGO. — Ma maison, madame...

LA VISITEUSE. — Je continue. J'étais cocotte, mais avec un but, avec une idée fixe, avec un programme arrêté! Je me suis dit tout d'abord : « Ma fille, tu as dix ans devant toi. Pas davantage, parce que dans la profession que tu embrasses, une fois la trentaine venue... »

M. CONJUNGO. — On rencontre cependant aux Champs-Élysées tous les jours des beautés qui ont de beaucoup franchi cette limite.

LA VISITEUSE. — C'est vrai. Mais je trouve cela horrible à voir. Quelque chose comme un homme qui fendrait encore du bois à quatre-vingt-dix ans.

M. CONJUNGO. — La comparaison est pittoresque.

LA VISITEUSE. — Oui, quelquefois j'ai de ces mots-là. On ne peut pas être toujours bête, il faudrait trop s'appliquer.

M. CONJUNGO. — Charmant !

LA VISITEUSE. — Mon cher monsieur, je vous en supplie; ne vous croyez pas obligé de remplir l'office de claqueur avec moi. Je vous répète que je viens pour traiter sérieusement d'une affaire sérieuse.

M. CONJUNGO. — Madame, je vois défiler bien du monde ici, mais je vous confesse que vous m'étonnez.

LA VISITEUSE. — Cela me flatte ; mais c'est sans le vouloir. Donc, monsieur, je me suis dit, après m'être fixé une durée : « Tu n'as pas le moyen de commencer par la considération ; c'est un article qui est coté trop cher pour les pauvres filles ; mais rien n'empêche que tu finisses par là. Il s'agit seulement de gagner de quoi y mettre le prix.

M. CONJUNGO. — Je crois comprendre.

LA VISITEUSE — Encore quelques mots, et vous comprendrez tout à fait... Dès mon premier amant...

M. CONJUNGO. — Hum !...

LA VISITEUSE. — Aimez-vous mieux : dès mon premier ami, cela m'est égal. L'un ne sera pas plus vrai que l'autre, car il n'y a jamais eu ni amour ni amitié dans mon cas. Mettons : dès ma première liaison, j'ai calculé quelle somme il me faudrait pour devenir plus tard un parti présentable.

M. CONJUNGO. — Nous approchons.

LA VISITEUSE. — Je serais déjà arrivée même, si vous ne m'aviez interrompue si souvent.

M. CONJUNGO. — Je suis dans mon tort.

LA VISITEUSE. — Moi, cela m'est égal, mais vous devez souvent dérouter vos pratiques par ce système-là.

M. CONJUNGO. — Je me corrigerai.

LA VISITEUSE. — C'est votre affaire... Le hasard a daigné faire assez bien les choses pour moi. Si je vous laissais jeter un coup d'œil sur la liste que voici, vous verriez que l'aristocratie et la finance se sont tour à tour disputé mes sourires. Mais je ne vous montrerai pas cette liste... Moi-même, d'ailleurs, j'ai pour ainsi dire oublié tous les noms. Ils ne sont représentés dans ma mémoire que par des chiffres.

M. CONJUNGO. — Madame, je le réitère,

on rencontre peu de femmes de votre force.

LA VISITEUSE. — Je sais bien !... Comme j'avais l'honneur de vous le dire, monsieur, le bilan de mon cœur est chiffré. Pour moi, tel baron s'appelle 25 actions du Nord... Tel banquier, 50 Crédit mobilier... Ce troisième c'est le marquis Cinq-pour-Cent. Ainsi des autres.

M. CONJUNGO.—Est-ce que la nomenclature est longue?

LA VISITEUSE.—Assez pour me permettre de réaliser aujourd'hui le rêve de toute ma vie. On s'est moqué de moi. On m'a traitée d'avare. Mes collègues en galanterie m'ont même donné des surnoms grotesques. J'ai laissé faire... Je savais que j'avais raison.

M. CONJUNGO. — En effet.

LA VISITEUSE.—Le vice, quand il est jeune, peut paraître aimable ; mais le vice qui se lézarde devient écœurant. A un certain âge, on a besoin, pour s'étayer, du bras d'un mari. On en a d'autant plus besoin qu'on a subi plus de secousses. En conséquence, monsieur, je viens vous demander si vous avez un parti à m'offrir.

M. CONJUNGO. — Mais, certainement, madame.

LA VISITEUSE. — Entendons-nous... je suis difficile, et je sais que je n'ai pas le droit de l'être. Ainsi que pourront vous l'attester ces papiers, je possède cinquante mille livres de rente, représentant une quinzaine de titulaires. Je veux, pour ces cinquante mille livres de rente, un mari qui ne soit pas taré. Mon intention, en effet, est de me retirer en province et de m'y adonner à la religion. C'est indispensable pour arriver à être reçue dans les salons.

M. CONJUNGO. — Tenez-vous à un titre?

LA VISITEUSE. — Non, celui qui me le vendrait me volerait; car il faudrait qu'il l'eût déshonoré pour le négocier ainsi. Je demande simplement un monsieur d'un âge que les autres respectent, s'il ne le respecte pas lui-même. Les cheveux grisonnants ont un prestige. Assez d'éducation pour ne pas être ridicule, assez de probité pour ne pas être dangereux. Je lui donnerai mille francs par mois pour ses dépenses personnelles.

M. CONJUNGO. — C'est fort joli!

LA VISITEUSE. — Je sais parfaitement que je ne peux pas prétendre à un modèle de toutes les vertus. Je me contenterai des apparences. Maintenant, quand comptez-vous avoir mon affaire?

M. CONJUNGO. — Je l'ai!

LA VISITEUSE. — Ah! A quand l'entrevue?

M. CONJUNGO. — A tout de suite!

LA VISITEUSE. — Qui est-ce donc?

M. CONJUNGO. — Moi !!!

ABSINTHINE

Parlez d'elle, prononcez son nom, et aussitôt, car elle eut une notoriété, il vous sera
répondu :

— Absinthine !... Ah ! oui, il paraît que c'é-
tait une fille charmante ; seulement la malheureuse avait un défaut horrible.

Elle buvait.

*
* *

C'est vrai.

Si vrai que je vais vous conter son histoire en détail, moi qui ai pris sur son compte des renseignements précis.

Une histoire qui n'est pas compliquée, d'ailleurs, comme vous l'allez voir.

La petite Absinthine (on ne l'appelait pas ainsi alors, mais puisque c'est le nom sous lequel elle était connue...), la petite Absinthine avait trois ans au plus.

Le père était un ivrogne, un de ces ouvriers comme il y en a trop, qui déshonorent le travail, cette sainte chose.

Quand il touchait sa paye, au lieu de rentrer à la maison, il faisait ce qu'on appelait *son voyage autour du comptoir.* Tant qu'il lui restait un sou en poche, on ne le revoyait pas au logis.

Mais quand sa dernière pièce était tombée dans le tiroir du *mastroquet,* en même temps que le dernier verre d'eau-de-vie était tombé dans le gosier du malheureux, alors, titubant, vociférant, hideux, il s'acheminait vers la mansarde où la petite Absinthine grelottait de froid ou pleurait la faim à côté de sa mère.

Il entrait en poussant la porte d'un coup de pied furibond.

Sa première parole était :

— J'ai soif !

La mère savait ce qu'il y avait derrière ce cri-là.

Des injures, des coups... peut-être un crime.

Et il fallait mettre une bouteille d'absinthe devant l'ivrogne.

Et il exigeait, jusqu'à ce qu'il eût roulé inerte sur le carreau, que l'on trinquât avec lui.

La femme d'abord, puis la petite...

Oui, la petite !

Il prenait un verre, mettait un peu d'eau dedans, une cuillerée à café de la liqueur verte par-dessus, et, collant le breuvage aux lèvres tremblantes de l'enfant :

— Allons, avale !

14

Si la mère intervenait, il levait le poing
en l'air :

— Malheur!... Avale plus vite que ça!

Et voilà comment, pour ses débuts en ce
monde...

Elle a bu !

.˙.

Seconde étape.

La mère n'avait qu'un but : soustraire à
ces odieux contacts la fille qu'elle aimait.

Car le père était devenu de plus en plus fé-
roce dans son délire alcoolique.

On maria Absinthine.

Elle n'avait seize ans que depuis huit jours.

On n'avait pas pris grand soin ni grand
souci pour ce mariage-là.

Vous pensez si l'on avait le droit d'être difficile.

Ce fut le premier venu qui cueillit cette fleur
de misère.

Le premier venu se trouva être un abomi-

nable chenapan,—un de ces champignons vé-
néneux qui poussent entre deux pavés sur le
fumier parisien.

Tous les instincts vils. Le hasard, qui n'en
fait jamais d'autres, avait donné à Absinthine
toutes les aspirations généreuses. Elle l'aimait, celui à qui l'on avait enchaîné sa vie.

Elle l'aimait parce que ces natures-là ont
besoin d'aimer quand même.

La première fois qu'il ne rentra pas le soir,
ce fut une immense douleur. Elle pleura.
Quand il revint, elle le supplia.

Il répondit par des lazzis grossiers.

Il recommençait trois jours après. Elle
alors, un soir qu'elle était seule, folle de jalousie impuissante, se souvint du temps où
elle était bambine.

Elle se rappela le liquide verdâtre que
son père lui avait si souvent fait avaler de
force.

Elle descendit. Lorsqu'elle remonta, elle

cachait une bouteille sous son pauvre châle rapiécé.

Depuis lors, la débauche du mari suivant son *crescendo*, elle aussi a suivi l'entraînement fatal.

Oui, parbleu, vous avez raison...

Elle a bu !

. ♦ ♦

Un jour, le mari n'est plus revenu du tout.

Sur quel banc de boue s'était-il échoué?

La police correctionnelle?... la cour d'assises?...

Peut-être !

Ou bien il avait roulé dans les bas-fonds de l'aphonsisme, où grouillent tant de hontes cyniques !

Le fait est qu'elle n'en entendit plus parler.

Un mois s'écoula, deux mois, trois mois...

Au bout d'un an, pendant lequel elle avait

usé ses forces dans un travail improductif, usé son cœur dans une douleur stérile, le découragement vint.

Un découragement, mauvais conseiller. Songez qu'elle n'avait pas dix-huit ans encore. Songez qu'elle était vraiment belle, malgré ses haillons.

Il passa par là, je ne sais quel étudiant en quête de gibier. C'était, je crois, au jardin des Plantes, un matin où elle était allée goûter un peu de soleil.

Je n'ai pas besoin de vous raconter le reste. Elle fut la maîtresse de l'étudiant.

Seulement, il aimait la gaieté, ce jouvenceau.

Il reprochait à Absinthine d'avoir des airs *à porter le diable en terre.* Il lui reprochait aussi sa mine pâle et amaigrie.

Car elle commençait à toussailler de cette toux sèche et brève qui en dit plus long qu'elle n'en a l'air.

— Voyons, Absinthine, c'est crevant, tâche donc de te dérider un peu.

Ou bien encore :

— Absinthine, ma fille, je ne pourrai plus te mener nulle part, si tu continues. Tu jettes un froid.

Il le lui avait répété si souvent et sur tant de tons qu'elle comprit qu'il fallait obéir ou retomber seule sur le trottoir nu.

— Sois tranquille, répondit-elle un jour, je vais être gaie maintenant.

Pour la seconde fois elle s'était rappelé son enfance.

Le soir même à la brasserie, animée, ardente, presque folle, elle disait un refrain populaire aux applaudissements de la galerie.

Et chaque fois qu'on le lui faisait répéter, elle criait auparavant :

— Garçon, une absinthe !

Cela à continué ainsi. Il fallait bien que cela continuât, il est des pentes qu'on ne remonte pas. Et chaque jour, du matin au soir, souvent aussi du soir au matin,...

Elle a bu !

*
* *

Cependant, pour son malheur, elle avait des intervalles de lucidité, — je veux dire des intervalles de dégoût... Son étudiant l'avait quittée. Un autre, qui l'avait prise à la petite semaine, l'avait quittée aussi.

Quand elle fut au quatrième, un de ces éclairs dont je parlais tout à l'heure lui traversa le cerveau.

Elle dit :

—En voilà assez !

C'était le soir... Elle s'en alla à travers les ténèbres du côté de Grenelle, — un quartier où l'on n'est pas dérangé pour les expéditions du genre de celle qu'elle entreprenait.

Il bruinait, il ventait... Un ciel noir, un ciel de cinquième acte de mélodrame.

Elle entra sur le pont désert... On voyait

au loin dans la brume sombre scintiller les lumières de Paris.

Derrière, les coteaux de Meudon dormaient dans les ténèbres.

Elle n'eut pas une minute d'hésitation. Elle n'avait pas un souvenir à léguer à qui que ce fût.

Tout droit, elle marcha jusqu'au milieu du parapet, se hissa, puis s'élança.

Un bruit sourd, qui ne fut entendu de personne... et elle disparut sans pousser un cri.

Elle avait bu!...

ON DEMANDE

UNE FEMME DE CHAMBRE

Un second étage rue Larochefoucauld. — Ameublement d'une coquetterie interlope. — Désordre qui n'est pas un effet de l'art. — Sur un meuble de Boule traîne un faux chignon. — Une cigarette à moitié brûlée s'est éteinte dans une coupe de vieux sèvres; le reste à l'avenant.

Mais nous ne faisons que traverser le salon, et nous pénétrons dans la chambre à coucher où madame Hermance de la Gommière est en conférence avec une soubrette qui se présente pour entrer à son service.

La soubrette a les yeux modestement baissés, et comme si elle connaissait ses classi-

ques, tord son tablier en parlant, pour se
donner la contenance que comporte la timi-
dité de rigueur.

Madame Hermance, nonchalamment renversée sur un fauteuil-crapaud, a mis son
pince-nez pour toiser de la tête aux pieds la
nouvelle venue.

— C'est vous qui êtes la femme de chambre?...

— Oui, madame.

— Qui est-ce qui vous envoie?

— Madame, c'est le coiffeur.

— Lequel? Celui du coin?

— Non, le coiffeur de la rue de Notre-
Dame-de-Lorette.

— A la bonne heure! parce que si c'était
l'autre, comme je lui dois de l'argent, je me
méfierais de vous comme d'une représaille.

— Je ne comprends pas ce que madame
veut dire.

— Vous n'avez pas besoin de comprendre..

ni de baisser les yeux non plus... Vous savez, je la connais.

— Mais, madame...

— Où avez-vous servi en dernier?

— Chez madame Vauguillon.

— Où ça?

— A Ville-d'Avray.

— Ah! oui, pour qu'on ne puisse pas aller aux renseignements !

— J'ai des répondants ici.

— Un oncle sans doute? On les connaît encore les oncles des domestiques! Moi aussi j'avais des oncles quand... Hum! (Elle s'arrête brusquement.)

— J'ai été en place rue Condorcet.

— Ça se rapproche de mes eaux... Et qu'est-ce qu'elle faisait votre madame Vauguillon?

— Elle était mariée.

— Combien de fois?

— Plaît-il, madame?

— Vous avez vu son contrat?

— Le mari de madame était chef de bureau à la Caisse des dépôts et consignations.

— Ah!... Alors vous ne faites pas mon affaire.

— Comment?

— On n'est pas marié ici.

— Ça m'est bien égal, madame.

— Allons donc! Nous finirons peut-être par nous entendre. Mais ne baissez pas les yeux. Je vous ai dit que je ne coupais pas dans ces ponts-là... Vous n'êtes pas laide.

— Oh!...

— Peut-être pas assez. Voyons, regardez-moi. Tournez-vous. Entre les deux... Vous avez un amoureux?

— Par exemple, madame.

— Alors vous en avez deux ou trois. Je vous demande pardon de vous avoir méconnue.

— Pour ça, non, je n'en ai qu'un.

— À la bonne heure... Il est gentil?

— Dame !...

— Brun ?... Oui, il doit être brun. Vous tirez sur le blond, les contraires se recherchent. Vous me le montrerez.

— C'est que...

— Oh ! n'ayez pas peur... Je n'ai pas envie de vous le prendre. J'en ai par-dessus la tête. Qu'est-ce qu'il fait ?

— Il est garçon coiffeur.

— Ah ! oui, très-bien ! C'est lui qui vous envoie... ça ne sort pas de famille. Rue Condorcet, dans votre autre place, combien recevait-on de messieurs par jour ?

— Ça dépendait.

— Oui, il y avait de la morte-saison. Mais enfin vous êtes au courant ?...

— Au courant de quoi ?

— Vous savez... si vous continuez à faire l'innocente, c'est à prendre ou à laisser... Vous voyez bien où vous êtes ?...

— Du moment que madame m'autorise...

— Soyez nature, et répondez clairement.

— Je veux bien, madame.

— Une supposition. Je suis en train de causer avec une personne qui m'intéresse.

— Je comprends, madame.

— Il en arrive une autre qui m'intéresse aussi.

— Je réponds que madame n'y est pas.

— La belle malice ! C'est l'enfance de l'art. Le numéro deux veut entrer tout de même. Qu'est-ce que vous faites?

— Y a-t-il deux sorties ici?

— Oui.

— Alors j'introduis la seconde personne dans le salon, et j'ai soin de bavarder pour la distraire.

— C'est bien. Seulement qu'est-ce que vous appelez bavarder?

— Mon Dieu, la pluie et le beau temps, en ayant l'air d'épousseter.

— Pas mal. Mais rien d'autre, entendez-moi bien. Je n'aime pas qu'on mange mon gibier.

— On a le sien, madame.

— Voilà une parole que j'aime mieux que toutes les protestations. Vous commencez à m'aller, vous? Est-ce que vous avez une mère?

— Oui, madame.

— Brave femme?

— Pas de préjugés.

— Vous continuez à m'aller... Est-ce qu'elle payerait un peu de mine, si on lui mettait un cachemire sur le dos?...

— Elle a de la tenue... Elle a ouvert la loge à l'Opéra-Comique.

— Si j'en avais besoin un jour, vous me la prêteriez?

— Tout ce que voudra madame.

— Je vous dis cela sans savoir; mais, quelquefois, il y a des étrangers qui tiennent à ce qu'on ait de la famille, et comme je n'ai amais connu la mienne...

— Cela s'arrangera tout seul. Seulement madame sera assez raisonnable pour savoir que, dans ces cas-là, il y aura un petit supplément.

— Vous pouvez être tranquille; je n'économise jamais sur les outils.

— Combien madame donne-t-elle par mois?

— Soixante-dix francs.

— D'avance?

— Si c'est d'avance, ça ne sera que cinquante francs.

— J'aime mieux.

— Ah! j'oubliais...

— Madame?...

— Le chapitre des créanciers.

— C'est mon *d'avance* qui vous y fait penser?

— Mais oui. Comment les recevrez-vous?

— Comme ils se présenteront. S'ils sont aimables, on est poli.

— Et s'ils se fâchent?

— Je ne crois pas qu'ils se fâchent avec moi!

— Vous avez les moyens?

— S'ils crient trop fort, je leur donnerai un à-compte.

— Avec quoi?

— On a des économies.

— Ah !

— Madame ne me refusera pas de mon argent seize pour cent d'intérêt par mois?

— Mais vous êtes très-forte, ma chère. Vous pourriez être maîtresse vous-même.

— Je me contente comme je suis. C'est plus sûr et moins compliqué.

— Est-ce que vous savez tirer les cartes?

— J'ai été onze mois somnambule.

— Mais vous êtes un sujet tout à fait précieux!

— Je dirai d'avance à madame, quand madame ira au cirque l'été ou bien à Mabille, si...

— Est-ce que vous les tiriez aussi à votre femme mariée?

— Non. Elle ne pouvait pas me souffrir.

— Et monsieur?

— C'était le contraire.

— Ah! oui.

— C'est pour cela que j'ai donné mes huit jours.

— Et il ne vous a rien proposé?

— Tout.

— Et vous avez refusé?

— J'ai dit à madame que je n'avais pas d'ambition.

— Qu'est-ce que vous étiez allée faire dans un ménage?

— On m'avait dit qu'ils allaient plaider en séparation et si madame avait quitté monsieur, je pensais qu'il y aurait peut-être à lui rendre des services dont elle me dédommagerait.

— Au fait, comment vous appelez-vous?

— Juliette.

— Voilà vingt francs de denier à Dieu.

— Je remercie madame.

— Ah ! non ! tu sais, maintenant il ne faut pas le faire à la pose. Assieds-toi là, nous allons prendre un bitter, et tu vas me tirer le grand jeu.

— Volontiers, madame.

— A la tienne !

— A la vôtre... Un, deux, trois, quatre, cinq, six... un homme brun... Un, deux, trois, quatre, cinq, six... une lettre chargée...

— Ta parole ?... Justement, j'en attends une de Nice !... Mais continue donc... Je suis sur le gril.

— Oui, madame... Est-ce qu'on peut fumer ??...

RÊVES DE JEUNES FILLES

I

Deux messieurs suivent l'avenue Mélanie, — la perle de Bellevue.

Ces deux messieurs, mis avec recherche, se rendent évidemment à quelque invitation solennelle.

Écoutons-les d'ailleurs ; leur conversation nous renseignera.

— Ah! mon cher!...

— Oui, je ne te dis pas ; mais, tu sais, les amoureux sont tous les mêmes.

— Tais-toi, tu vas blasphémer... Léopoldine, vois-tu, n'est pas une femme comme une
autre.

— Naturellement.

— Tu m'accorderas que je connais le
monde ?

— Le demi surtout.

— C'est possible ; mais plus on a vécu dans
celui-là, plus on est en garde contre toutes
les ruses, contre toutes les duplicités. Moi,
qui te parle, je ne crois à rien ; mais il y a des
évidences devant lesquelles il faut se rendre.

— Va toujours. Si tu savais comme tu es
ressemblant.

— Ressemblant à quoi?

— A un homme qui est prêt à faire toutes
les sottises, mariage compris.

— Une sottise! Épouser cet ange!... Mais
je te pardonne, tu ne la connais pas. Cela a été
élevé au Sacré-Cœur, dans les vrais principes
de piété, de simplicité, de loyauté...

— Tu as l'air d'un dictionnaire de rimes.

— Quand je pense qu'elle a failli refuser son consentement !...

— Bah ! et pourquoi ?

— Parce que j'ai de la fortune et qu'elle n'en a pas.

— Si tu me coupes les jambes, je ne pourrai jamais monter l'avenue.

— Tu es insupportable avec tes railleries. Oui, monsieur, je vous le répète, il a fallu les instances de sa mère...

— Une sainte et digne femme !

— Certainement une sainte et digne femme.

— Puisque je te souffle, de quoi te plains-tu ?

— Son rêve, c'était de travailler pour gagner elle-même sa vie et ne rien devoir à l'homme qu'elle aimait. D'ailleurs, elle ne s'est rendue qu'à des conditions formelles.

— Ah !

— Elle a exigé que je ne dépensasse pour elle que le strict nécessaire.

— Une chaumière et ton cœur !

— Je te pardonne, parce que tu n'as pas vu Léopoldine ; mais nous voici arrivés.

— Chalet simple et de bon goût.

— Un modeste réduit que le père, qui est chef de bureau, s'est construit lui-même.

— Air de la *Dame blanche :*

Et j'achète un château sur mes économies.

— Chut... je l'aperçois.

— Qui ? Le père ?

— Non... Léopoldine... Quelle grâce, quelle ingénuité ! On dirait encore une pensionnaire.

— Elle le sera, puisque tu lui feras une pension.

— La vois-tu qui cause sur ce banc derrière la haie avec une de ses amies ?

— Je la vois... Et même il me pousse une idée.

— Laquelle ?

— Ce serait, au lieu d'entrer, de nous faufiler doucement le long de la haie susdite pour recueillir les épanchements de ta future.

— Fi, de l'espionnage !

— On contrôle bien les bijoux à la Monnaie. Puisque tu es sûr que c'est un ange, laisse-moi regarder dans son coin de paradis.

— Au fait, je veux bien ; ce sera le meilleur moyen de te confondre.

(Ils exécutent la manœuvre indiquée par l'ami et sont bientôt en posture d'entendre, sans en perdre un mot, le dialogue des jeunes filles.)

II

— Alors, ma pauvre Léopoldine, c'est pour le mois prochain ?

— Plus tôt s'il est possible. Les médecines s'avalent tout d'un coup.

— Dans tous les cas, la pilule est dorée.

— Parbleu! Sans cela...

— Alors il te déplaît absolument?

— Pour cinquante mille livres de rente, juge! Et même il n'y met pas le prix.

—Il est laid?

— Pis que cela, ridicule!

— Toi qui, au couvent, étais si difficile et ne trouvais jamais bien le frère d'aucune de nos camarades... excepté René.

— Tais-toi, ne prononce pas ce nom!

— Il est officier maintenant?

— Oui, en garnison à Rambouillet.

— Comment le sais-tu?

— Moi?... Je... le...

— Ah! Et vous vous écrivez souvent?

— Anna!

— Pourquoi me le cacher? Je ne suis pas ton futur, moi!...

— Je ne te le cache pas; seulement...

— Il était gentil, mais pas un sou... Tu fais bien de te marier, d'autant plus que...

— Tu ne sais pas?

— Quoi?...

— Mon futur a une maison de campagne tout près de Rambouillet.

— Le hasard n'en fait jamais d'autres. Il porte en ville.

— Nous y passerons tout l'été.

— Je le pense bien, avec un morceau de printemps et un bout d'automne.

— Oh! mais je t'assure que je l'aurais épousé sans cela, parce que, vois-tu, je ne suis pas au nombre de ces petites niaises qui s'imaginent qu'il faut aimer son mari.

— Comme je t'approuve!

— Le mariage, ma chère Anna, c'est la carrière des femmes; on ne doit pas choisir la plus agréable, on doit choisir celle qui rapporte le plus.

— Voilà qui est parlé !

— Il faut être de son époque.

— Quand on a une robe d'indienne, l'adultère même ne veut pas de vous.

— Et pourtant il a bon appétit...

— Papa mort, ce serait la misère. Il n'a
que sa place... Je n'ai pas envie de devenir
institutrice.

— Quelquefois pourtant, ce n'est pas sans
agrément ! Quand on donne des leçons au père
au lieu de les donner à la fille.

— Le mariage est plus simple et plus direct ;
mais cela devient difficile. J'en ai manqué
huit, telle que tu me vois, et cependant je ne
suis pas mal, n'est-ce pas ?

— Je crois bien !

— Quand on en arrivait au : *Il n'y a pas de
dot !* si tu les avais vus se sauver ! Je crois
qu'il y en a un qui a escaladé le mur pour aller
plus vite.

— Et le dernier n'en fera pas autant ?

— Pas de danger. J'ai changé mes batteries. Avec les autres je m'ingéniais, pour les captiver, à me faire séduisante, élégante... enfin à être moi-même. Avec lui, au contraire, je suis une petite bébête aux yeux baissés... comme ceci... à la voix tremblante... comme cela...

— Tu as manqué ta vocation. Tu aurais été une Desclée.

— On en meurt et j'ai envie de vivre... Puis, pour mieux l'empoigner...

— Tu as de drôles de mots !

— Puisque nous sommes seules... J'ai fait celle qui ne voulait aimer un homme que pour lui-même. Je l'ai refusé à cause de son million.

— Pauvre garçon ! il a cru que ç'était arrivé.

— Pas à d'autres, mais à lui !... On ne s'étonne jamais, quand on est en cause... Ce qui m'amuse, c'est lorsque je le vois qui cause avec papa, et qui lui dit : « C'est une créature divine ! »

— Il va jusque-là ?

— Oh ! rien ne l'arrête. Il doit regretter qu'il n'y ait pas un huitième ciel pour me loger dedans.

— Laisse-toi canoniser.

— C'est ce que je fais. Figure-toi qu'il a été enthousiasmé parce que je lui ai dit :

« Dans tous les cas, monsieur, je n'accepterai que le strict nécessaire. Cent francs par mois pour mes dépenses personnelles. »

— La femme de chambre à elle seule te coûtera plus que ça.

— Je l'espère bien, mais c'est le moyen de lui faire la générosité forcée. Moins j'accepterai, plus il donnera.

— Tu es forte !

— Il faut bien montrer qu'on a de l'éducation et qu'on en a profité.

— Et ton père?

— Il est ravi de moi. Il me répète tous les jours : Tu n'es pas une femme, tu es un monument.

— Probablement parce que les monuments ça coûte cher d'entretien.

(Elles éclatent de rire.)

III

(Le futur et son ami, qui sont toujours derrière la haie, n'ont pas perdu un mot de ce colloque édifiant.)

L'AMI (du coin de l'œil) ???

LE FUTUR (de toute sa physionomie) !!!!!!

(Cinq minutes après ils sont à la gare, reprenant des billets pour Paris.) Un quart d'heure plus tard, ils roulent en wagon.

L'AMI. — Tu peux te vanter de l'échapper belle !

LE FUTUR (songeur). — Nous n'avons peut-être pas bien compris sa pensée.

L'AMI. — C'était pourtant marqué en chiffres connus.

AU DESSERT

I

Le cabinet du café Anglais connu sous le nom du *Grand-Seize*.

Quatre heures du matin.

Le parquet est jonché des restes de l'orgie,
Les verres ont roulé sur la nappe rougie;
Et les plats au hasard coudoyés par les bras
Sur la table ont bavé les débris du repas...
Pour convives... voyez : quatre hommes, quatre femmes !
Les hommes, abrutis par les vices infâmes,
L'œil éteint, hébété, sont de ces jeunes gens
Que la débauche fait vieillards avant le temps.
Quant aux femmes, ce sont de celles dont la couche
A des baisers vendus qui salissent la bouche.

. : . . . .

Soudain une voix a pris la parole :

GUSTAVE DE LA GOMMERIE. — Ah ça, on crève ici. Est-ce que nous allons nous endormir dans notre vin?

LÉONTINE. — Le fait est que nous avons l'air de former à nous huit la petite classe de Bicêtre, section des gâteux.

ALBERT. —... Mal au cœur !

JULIA. — Et moi donc!...

GUSTAVE DE LA GOMMERIE. — Impossible de mener ces êtres-là dans le monde... On dirait toujours qu'ils ont fait une débauche d'émétique.

LÉONTINE. — Pas comme nous, hein, Tatave... Des vieux de la vieille... Passe-moi un verre d'*Old Tom Gin*.

GUSTAVE. — Mâtin ! Comme tu prononces l'anglais, quand tu t'y mets !

LÉONTINE. — C'est la soif qui est mon professeur.

ALBERT. — Oh oui ! soif... mais surtout mal au cœur.

JULIA. — Et moi, donc!...

GONTRAN. — Mes enfants, je ne sais rien d'abominable comme un souper où on se regarde digérer au dessert.

PAULINE. — Approuvé.

ALBERT. — Digérer!... Ah! ai-je mal au cœur!

JULIA. — ..... Et moi, donc!

GUSTAVE. — Voyons, il faut faire quelque chose.

PAULINE. — Taillons un bac?

GONTRAN. — Merci... nous sommes trop gris..... Vous en abuseriez pour nous tricher.

PAULINE. — A moins que ce ne soit vous qui...

GUSTAVE. — Pauline,. tu vas te taire... On vous permet d'être tout : bêtes, méchantes, dépravées... tout enfin, excepté de cracher en l'air pour que ça nous retombe sur le nez.

PAULINE. — C'est pour rire!

GUSTAVE. — Ça suffit... Allons, qui est-ce qui a une idée sur lui ?

LÉONTINE. — Voulez-vous que je vous raconte mon histoire en manière de passe-temps ? C'est du joli, allez !... Mon père était caissier je ne sais où. Il avait été séduit par maman qui était... ce que je suis. Un jour, comme elle avait des envies de bijouterie, il a pris dans la caisse du patron et s'est sauvé... Pour lors qu'on l'a condamné par contumace à dix ans, et qu'on n'a jamais su ce qu'il était devenu.

GONTRAN. — Alors tu ne l'as jamais connu.

LÉONTINE. — Si... J'ai son portrait.

GONTRAN. — Tu aurais dû en faire don au musée de Toulon.

LÉONTINE. — Si ça me plaît de le garder et de le regarder !

GUSTAVE. — Silence !... Le récit de la susdite m'a ouvert un horizon.

TOUS. — Parlez ! parlez !...

GUSTAVE. — Si nos informations sont exactes...

TOUS. — Pas de phrases !

GUSTAVE. — Eh bien ! j'ai un ami de la police qui m'a prévenu avant-hier qu'on guillotinerait ce matin l'assassin de la rue du Bac.

PAULINE. — C'est ça qu'est intéressant !

GONTRAN. — Tu en as déjà goûté ?

PAULINE. — J'aime mieux ça qu'une première.

GUSTAVE. — Avec le nom de mon ami nous serons placés aux premières loges.

LÉONTINE. — Et qu'est-ce qu'il a tué, ton assassin ?

GUSTAVE. — Il a empoisonné un oncle dont il devait hériter.

PAULINE. — Le gourmand !

GUSTAVE. — Est-ce dit !... Partons-nous ?

TOUS. — Oui, oui !...

ALBERT. — Trop mal au cœur.

JULIA. — Et moi, donc !...

16

GONTRAN. — Emballons-nous tout de même ces deux colis-là avec nous?

TOUS. — Oui...

(On fait avancer deux voitures, et la bande joyeuse se met en route.)

II

Place de la Roquette.

UN HOMME DU PEUPLE. — Poussez donc pas comme ça!... vous avez bien le temps... Le bourreau est encore chez le marchand de vins.

UNE FEMME. — Pas ma faute... On m'a poussée aussi... C'est ces crevés avec leurs donzelles.

PAULINE. — De quoi, donzelles?... Madame est jalouse d'être trop laide pour avoir pu devenir vicieuse avec *bénéf?*

L'HOMME DU PEUPLE. — Ils peuvent pas se payer d'autres plaisirs avec leur argent... Faut encore qu'ils viennent nous disputer nos spectacles *gratis*...

LÉONTINE. — L'échafaud luit pour tout le monde.

L'HOMME. — Si le cœur vous en dit, vous savez... goûtez-en, goûtez-y, goûtez Zanzibar!... (On rit dans la foule.)

PAULINE. — Sont-ils assez grossiers, ces gens du peuple!

L'HOMME. — Le peuple... T'en as été probablement, ma fille... mais il a eu soin de t'expectorer.

LA FEMME. — En v'là deux qui ne se tiennent pas debout.

ALBERT. — ...Mal au cœur!

JULIA. — Et moi, donc!

UN GAVROCHE. — Passez-y de la tisane des quatre-fleurs!

GONTRAN (bas à Gustave). — Je commence.

à croire que nous aurions mieux fait de rentrer nous coucher.

GUSTAVE. — Tâchons de gagner cette maison, nous louerons une fenêtre.

LE GAVROCHE. — Hé là-bas!... les dégommeux!... Vous vous êtes trompés!... c'est pas ici la descente de la Courtille.

LÉONTINE. — Crapaud!

LE GAVROCHE. — J'aime dans tous les cas mieux être crapaud que grenouille, madame me mangerait.

GUSTAVE. — Venez donc par ici!

ALBERT. — Peux plus... mal au...

JULIA. — ... Moi donc!

GUSTAVE (à un marbrier). — Est-ce que vous n'avez pas des places à louer?

LE MARBRIER. — Pardon, bourgeois... Toute une fenêtre. C'est 300 francs.

GUSTAVE. — Allons donc!

LE MARBRIER. — Encore c'est parce que c'est un guillotiné de rien... Quand nous avons des condamnés célèbres, nous ne lâchons pas la croisée à moins de vingt-cinq louis... On voit tomber le couteau comme si on y était.

GONTRAN. — Voulez-vous 200?

LE MARBRIER. — Allons! Vous pouvez dire que vous profitez d'une occasion...

(Ils montent et se mettent à la fenêtre.)

LE GAVROCHE. — Ah! v'là la ménagerie des grues!

GONTRAN. — Mauvais drôle, je...

LE GAVROCHE. — Tu sais, fais pas ton Bidel... on te dit zut!

(Un grand bruit se fait... Les portes de la prison s'ouvrent.)

PAULINE. — Voilà l'instant, voilà le moment.

GUSTAVE. — Il a l'air d'aller de travers, le condamné.

GONTRAN. — S'il avait toujours marché droit, il ne serait pas où il en est.

16.

ALBERT. — ... Marcher droit... Peux pas... mal au cœur!...

JULIA. — ... Et moi!...

PAULINE. — On voit crânement bien. Nous en avons pour notre argent.

GUSTAVE. — Le fait est qu'on croirait qu'on touche le condamné... Eh bien!... qu'est-ce qu'a donc Léontine?... Elle est verte.

LÉONTINE (étendant le bras vers la guillotine). — Papa!!!...

BREDOUILLE

Minuit.

Un temps à ne pas mettre un créancier à la porte.

Les Champs-Élysées, sombres et déserts, sont tachetés de larges flaques d'eau, à la surface desquelles tremblotte la lueur jaunâtre des becs de gaz, à peu près aussi lumineux que des veilleuses.

Sur la bande d'asphalte qui va du Rond-Point à la place de la Concorde cheminent deux femmes, qu'un parapluie lézardé abrite incomplétement contre la rafale, en leur pleurant dans le dos.

Les deux femmes, qui sortent de Mâbille, ont retroussé leurs robes de mousseline, en gaillardes qui sont depuis longtemps brouillées avec l'étiage de la pudeur.

Leurs jupons sales font floc floc à chaque pas, en laissant derrière elles un sillon semblable à ceux que font les balayeuses à cylindres de l'administration.

Et de leurs poitrines enrouées s'exhale sur le mode plaintif le dialogue que voici :

— Cré nom ! en v'là une année !

— Tout morte saison !

— Figure-toi, ma chère, que j'ai des bottines à soupape. A chaque pas elles m'envoient de l'eau jusqu'à la cheville.

— C'est rafraîchissant !

— Oui, surtout quand on est au premier acte de la phthisie.

— T'es bête !

— Je m'y connais. J'ai assez aimé de cara-
bins du temps où j'étais au Quartier-Latin
pour savoir comment ça vous prend en traître,
cette maladie-là !

— Tu as des couleurs superbes !

— Naturellement... aux pommettes... C'est
l'estampille du fossoyeur. Tiens, tantôt, quand
je me suis levée à huit heures pour venir ici,
j'ai cru que j'allais tomber par terre.

— Vrai !

— Ça tenait peut-être aussi un peu à ce
que je n'avais rien mangé depuis la veille.

— T'avais donc pas faim?

— Au contraire.

— Eh bien! alors!...

— Pas ma faute. Dans tout le quartier,
chez tous mes fournisseurs, on joue unanimement l'*OEil crevé!*

— Pauvre fille ! Comment, tu en es là?...

— Et je ne suis pas la seule... On ne fait rien.

— Je m'en aperçois bien aussi. J'ai été accrochée pour mon terme. Le propriétaire m'a fait saisir. Seulement j'ai eu la chance de tomber sur un clerc d'huissier incandescent, qui a fini par payer pour moi.

— Qu'est-ce que tu as donc?

— Rien... Ce sont mes étouffements qui me reprennent. Je crache un peu de sang, et puis ça passe. Léon appelle ça jeter du lest.

— Tiens, vois-tu, ton Léon c'est un pas grand'chose.

— Parbleu, est-ce que je l'aimerais autrement!... Un honnête homme pour amant, ça me ferait l'effet que le gendarme fait au voleur.

— Comme tu tousses toujours !

— Dame ! c'est pas tout à fait hygiénique, une existence pareille. Avant de partir, pour me soutenir j'ai bu le fond de la bouteille d'eau-de-vie qui me restait à la maison... Ça permet à la lampe d'éclairer un brin, mais ça brûle la mèche.

— Et puis t'as trop dansé !

— Le fait est que j'ai la sueur qui me colle toute glacée dans le dos.

— Pourquoi que tu ne fais pas comme moi ? Je m'asseois tranquillement sur une chaise, et puis au petit bonheur !

— Je ne peux pas. Il faut que je m'étourdisse, sans quoi je me prendrais moi-même en dégoût.

— Tu n'aimes pas la pêche à la ligne, quoi !

— Non ; je suis pour la chasse à courre.

— Malheureusement, pas plus de gibier que de poisson. Cré coquin ! quand je me rappelle les beaux soirs de l'exposition universelle.

— Oui, on avait le monde à ses pieds. Je me souviens d'un soir où ils étaient huit à se disputer l'honneur de me reconduire ! Un boyard, un comte italien, un banquier autrichien. Je ne sais plus au juste les autres.

— Tu aurais pu fonder à domicile les États-Unis d'Europe.

— A présent, quand il paraît seulement un juif hollandais, c'est un événement dans tout Mabille.

— Et les indigènes! Ils n'ont qu'un refrain. Quand on veut leur emprunter cinq louis, ils vous répondent : Papa a été ruiné par la guerre.

— Le fait est que ce Bismark nous a fait du tort. Si j'avais un peu plus de santé, j'aurais été à Berlin prendre ma revanche, et je te réponds que je lui en aurais démoli quelques-uns de sa landwehr.

— Je m'en rapporte à toi. Tu t'es assez fait la main sur les Français.

— Je n'en suis pas plus avancée.

— Et ta petite?

— Faudra que je finisse par la mettre aux Enfants Trouvés. Du même au même. C'est de là que je suis sortie.

— Je croyais que tu avais des parents?

— C'est vraisemblable, seulement ils ont

désiré garder l'anonyme. Il y a des gens trop
modestes tout de même... Aïe... j'ai mis le
pied dans une mare. Cette place de la Concorde...

— Avec leur affreux macadam.

— Il nous salit, nous le salissons. C'est
vice-et-versailles.

— Il est vieux celui-là.

— Je ne tiens plus de neuf, ma chère.
Quand on va sur trente-trois, les deux bos-
sus... Avec ça surtout que les années de cam-
·pagne comptent double... Cristi!... il me
semble qu'une main avec de grands ongles
me fouille dans la poitrine comme j'aimerais
à fouiller dans les poches.

— Tu devrais te soigner tout de même.

— Me soigner!... Tu coupes dans ces ren-
gaines-là, toi aussi?...

— Enfin...

— Enfin quoi? Est-ce que ça nous est permis à nous autres!... Comme ça serait gai

17

pour un soupirant de vous trouver parfumée
d'iode et truffée de cataplasmes.

— Le fait est...

— Ah! c'est une jolie vie! Si celles qui la
choisissent savaient ce qu'elles font, on vendrait plus de machines à coudre et moins de
poudre de riz. Quand je pense qu'il y a de
pauvres filles tranquilles, droites, avec un
père et une mère pour de vrai, qui plantent
là l'atelier un beau matin et se font cocottes
pour s'amuser! Pour s'amuser! Si j'en tenais
une seulement un quart d'heure, au moment
où elle va sauter le pas! Je ne lui en dirais pas
long, mais je te réponds que ça suffirait pour
la retenir.

— Tu devrais te faire prédicateur!

— Tu fais semblant de rire, mais au fond,
je parie qu'il y a de l'écho en toi pour ce que
je dis là.

— Bah!

— Çai, tu as raison; quand on a deux doigts

dans l'engrenage, il faut que tout le reste y passe. Nous parlions de macadam, tout à l'heure. Le vice, ma chère, ça me rappelle les gros rouleaux qui écrasent ces pauvres pierres et qui les font souffrir pour en faire de la boue.

— Dis donc!...

— Pour s'amuser!... les pauvres créatures!... Jeuner quand on a faim, manger quand on a mal à l'estomac, boire sans soif, aimer sans amour, rire quand on a envie de pleurer, veiller quand on a envie de dormir... Par là-dessus, de la honte comme pourboire... et puis, au bout, le grabat de l'hôpital.

— Il y en a pourtant qui font fortune!

— Celles-là, elles me répugnent encore plus! Je n'aurais jamais pu faire des conserves de pourriture.

— T'es trop lugubre, ce soir!

— C'est vrai, je vole mon nom, car nous nous appelons filles de joie... Bonsoir Juliette.

— Tu ne veux pas monter chez moi prendre quelque chose?

— Merci ; Léon m'attend.

— Toujours lui !

— Que veux-tu?... Puisque nous méprisons ceux qui nous aiment, faut bien aimer un de ceux qui nous méprisent !

ANGE SI PUR !

I

Non, il faut l'avoir vue passer, les yeux baissés, le maintien pudique, comme enveloppée d'une virginale atmosphère, pour savoir ce que c'est que la candeur !

Elle habitait la même maison que moi.

Elle y demeurait en famille : une aisance bourgeoise.

Le père était employé dans un ministère.

La mère présidait à tous les soins du ménage avec la collaboration d'une vieille bonne à la mine patriarcale.

Tout cela respirait un parfum d'honnêteté qui vous pénétrait, quoi qu'on en eût.

Mais elle était si belle en même temps! Comment la voir sans l'aimer!

Je ne me dissimule pas que j'emploie là une formule singulièrement banale. Elle rend ma pensée... d'alors.

Car je l'aimais!... Je l'aimais comme un fou.

II

Chaque fois qu'elle sortait, j'étais là, derrière le rideau, épiant son passage. Et le cœur me battait comme à vingt ans. Vingt fois j'avais été sur le point de me précipiter dans l'escalier pour la rencontrer, pour frô. . sa robe un instant, pour...

Vingt fois le même sentiment m'avait retenu.

Cette pureté m'imposait malgré moi.

Et je continuais mon rôle d'observateur
platonique, embusqué derrière les vitres de
ma fenêtre.

III

S'en était-elle aperçue ?

Je le crus : car un jour elle leva les yeux.
Mais ce fut l'affaire d'une seconde ; elle les
baissa aussitôt et jamais plus elle ne regarda
de mon côté.

Cette impassibilité, je devais m'y attendre.
Est-ce qu'il était possible qu'elle prit souci de
moi ? Mais, par cela même que je devais moins
espérer. je sentais mon amour aiguillonné
plus vivement.

Et j'avais résolu de tenter un grand coup.

Oh ! ne supposez pas des choses invraisemblables. Quand je vous dis que cette chasteté m'avait pénétré malgré moi. Le grand coup que je complotais, c'était de la suivre un jour.

De loin... de bien loin ! Je voulais, sans qu'elle le sût, participer un peu à sa vie. Je voulais savoir...

Je ne me rendais pas bien compte au juste de ce que je voulais, mais une force invincible me poussait à risquer l'aventure.

IV

Nous autres hommes, nous ne savons pas résister à ces tentations-là.

Un matin, comme elle était descendue à l'heure accoutumée, je pris en même temps ma résolution et mon chapeau.

Quand j'arrivai dans la rue, il était temps.
Elle allait tourner l'angle et j'aurais perdu sa
trace.

En deux bonds je me rapprochai. Elle mar-
chait les yeux baissés, comme à l'ordinaire,
indifférente à tout ce qui se passait autour
d'elle. Sa vieille bonne, calme, digne, lui faisait cortége.

Elle entra d'abord à l'église. O Marguerite!
Je me sentais toutes les vocations possibles
pour le rôle de Faust. Mais à peine avais-je
conçu cette coupable pensée que j'en étais
moi-même honteux.

Elle s'était agenouillée avec tant de fer-
veur!

Elle récitait une prière avec tant de com-
ponction!

Sa vieille bonne aussi disait son chapelet.

Moi, qui étais entré frauduleusement, je
contemplais, dissimulé derrière un pilier, je
contemplais sans espoir.

17.

Pourtant, à un certain moment, ses yeux se levèrent encore comme le jour où elle traversa la cour. Évidemment elle m'aperçut, car aussitôt elle se leva pour partir.

Elle traversa les Tuileries.

Je traversai les Tuileries.

Elle entra dans une maison de la rue de Verneuil. La vieille bonne fermait la marche.

En entrant, elle s'était retournée une minute. J'étais resté cloué sur place.

V

Idiot! crétin! triple brute!...

Je m'adressais tous ces compliments en ajoutant tout bas : Mais va-t'en donc! Qu'est-ce que tu fais là à te promener de long en large sur le trottoir?... Tu es absolument grotesque... Cela ne peut te mener à rien...

Cet ange plane au-dessus de tes sottes convoitises...

Cependant j'arpentais toujours.

J'avais eu une intuition.

Il devait y avoir dans cette maison un professeur de musique ; car elle avait un cahier sous le bras. Et, en effet, par instants j'entendais les échos d'une voix qu'accompagnaient les sons d'un piano.

Cette voix devait être la sienne.

Qu'elle était vibrante ! Elle me remuait tout le cœur. Ce n'étaient pourtant que des vocalises...

Do, sol, si, do... do, sol, do, sol, do sol...

Mais jamais langage céleste ne m'avait semblé plus éloquent.

VI

J'arpentais toujours.

En arpentant, je songeais.

En faire ma maîtresse !... C'était un blas-
phème auquel je ne m'arrêtai pas même une
seconde.

L'épouser ?

Voudrait-elle de moi et de mes quarante
ans ?

Un cœur comme le sien ne devait pas savoir
dissimuler.

J'avais beau être riche, une nature aussi
chaste ne devait faire aucun cas de la fortune
sans l'amour.

Do, sol, si, do... Sa voix vocalisait de plus
belle.

Une voix séraphique, une voix digne d'être
accompagnée par les harpes célestes.

Au solfége succéda une mélodie de Schu-
bert.

J'étais tombé en extase !

Si bien tombé, que deux ou trois fois les
passants faillirent me renverser, en m'appe-
lant butor par-dessus le marché.

Mais que m'importait !

Je n'étais plus sur la terre.

Cette vierge aux accents mélodieux !... Cette famille où tout respirait les vertus primitives !... Cette fidèle servante, comme on en voyait au vieux temps !... Tout cet ensemble m'enivrait pendant que la voix chantait plus harmonieuse encore...

VII

Mais tout à coup...

Non, j'étais le jouet d'une vision...

Tout à coup...

Tout à coup... C'était bien elle qui sortait de la maison. Et la voix chantait toujours !

En passant elle me vit et rougit légèrement, puis doubla le pas.

Moi je voulais en avoir le cœur net.

Je me précipitai dans la loge de la concierge.

— Madame...

— Qu'est-ce que vous demandez?

— Madame... veuillez m'excuser...

— On dirait quelqu'un qui a fait un mauvais coup !

— Soyez convaincue que non.

— Enfin...

— Madame, prenez ces dix francs.

— Dix francs !

Elle s'était radoucie.

— J'ai besoin d'un renseignement.

— Pourquoi que vous ne vous expliquez pas tout de suite?

— Vous avez un professeur de chant dans la maison?

— Pas du tout.

— Cependant on entend chanter?

— Oh ! oui, c'est la vieille Anglaise du second, elle tripote son piano toute la journée.

— Une vieille Anglaise !

— Certainement,

— Mais alors pourriez-vous me dire d'où sort une jeune personne accompagnée d'une bonne qui vient de...

— Parbleu !

— Achevez.

— La pauvre petite, paraît qu'elle est bien souffrante. Elle vient trois fois par semaine en consultation chez la sage-femme où elle a accouché il y a six mois.

TABLE

IMPRIMERIE EUGÈNE HEUTTE, A SAINT-GERMAIN.